修复12000颗心

Stephen Westaby ［英］斯蒂芬·韦斯塔比 著　张庆美 译
THE TRAUMA CHRONICLES

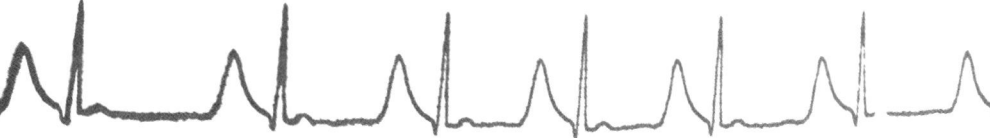

中信出版集团｜北京

图书在版编目（CIP）数据

修复 12000 颗心 /（英）斯蒂芬·韦斯塔比著；张庆美译 . -- 北京：中信出版社，2025.1. -- ISBN 978-7-5217-6854-1

I. I561.65

中国国家版本馆 CIP 数据核字第 2024Z9E956 号

THE TRAUMA CHRONICLES
Copyright © Stephen Westaby, 2023 The Simplified Chinese Translation Rights Arranged Through Rightol Media（本书中文简体版权经由锐拓传媒取得 Email:copyright@rightol.com）
Simplified Chinese translation copyright © 2025 by CITIC Press Corporation
ALL RIGHTS RESERVED
本书仅限中国大陆地区发行销售

修复 12000 颗心
著者：　　［英］斯蒂芬·韦斯塔比
译者：　　张庆美
出版发行：中信出版集团股份有限公司
　　　　　（北京市朝阳区东三环北路 27 号嘉铭中心　邮编　100020）
承印者：　三河市中晟雅豪印务有限公司

开本：880mm×1230mm 1/32　　印张：7　　字数：161 千字
版次：2025 年 1 月第 1 版　　　　印次：2025 年 1 月第 1 次印刷
京权图字：01-2024-5132　　　　　书号：ISBN 978-7-5217-6854-1
定价：59.80 元

版权所有·侵权必究
如有印刷、装订问题，本公司负责调换。
服务热线：400-600-8099
投稿邮箱：author@citicpub.com

献词

创伤无情地摧毁年轻的生命。谨以此书献给所有日日夜夜与死神抗争、拯救生命的护理员、护士和医生。而奋斗在救死扶伤最前线的，往往是我们勇敢无畏的警察和消防队员，他们的工作无比艰辛，需要极大的毅力与韧性。

虽然我们大多数人都支持"社会化医疗"原则，但英国的国家医疗服务体系并非神圣不可置疑的权威。这一体系需要不断改进，这也正是贯穿本书的主题。书中的一些观点可能具有争议性，有的言辞也许尖锐，但它们并不是针对备受尊敬的个体，而是针对我一直致力改善的整体医疗环境。

在此我要向一位备受敬仰的急诊护士致以最真挚的敬意。多年以前，萨拉·麦克杜格尔护士对一位在橄榄球赛中受伤的见习医生、一颗冉冉升起的外科之星给予了无微不至的关怀。多年之后，二人结为连理，萨拉成为他的救赎。我们就这样相遇相识，如果我起伏变幻的职业生涯是一杯啤酒，萨拉就是其上那抹最醇美的泡沫，以前如此，至今依然。最后，于我而言，没有什么比我亲爱的孩子杰玛和马克，以及可爱的孙女艾丽斯和克罗艾更重要了。我时常懊悔没有更多地陪伴他们，这一点相信大多数外科医生也都深有感触吧。

本书中涉及的部分医生和患者的名字，以及医院地理位置等信息已经过保密处理。

目 录

前言 001
序章 009

血浴 017
再出发 031
猜疑的心 046
情况不妙 063
失望 082
文化冲击 096
美国之道 115
不必要的死亡 129
"拉起就跑"与"就地抢救" 146
渐入佳境 163
修补一颗破碎的心 182
天时地利 194

后记 209

前言

经历过全新体验洗礼的心,再也回不到从前的模样。

——小奥利弗·温德尔·霍姆斯

尽管在一般人看来,创伤外科可能是沮丧、绝望的代名词,我却沉浸其中。它的不可预测性和紧迫感让我着迷。当鲜活的生命一点点消逝,我在与时间赛跑,与死神较量。当手术刀划开破碎的胸腔或肿胀的腹部,那感觉就像拆圣诞礼物。只是我的靴子上浸透了鲜血。

想象一下创伤给感官带来的冲击。支离破碎的骨头、变形扭曲的肢体、血淋淋的内脏,伤者的痛苦呻吟萦绕在耳畔,空气中弥漫着消毒液的刺鼻气味,混杂着洒落地上的各种体液的味道。一个人要具备哪些特质才能够每天与这些重大创伤打交道?如何在找不到专科医生的时候自信满满地给伤者开颅、开胸或者开腹?如何在紧要关头放下常人本能以即兴发挥?如何在做手术时将个人恐惧、顾虑与同理心通通置之一旁?只有精神病态者才能做到。

对以外科医生、军人为代表的高压职业人群而言,他们的职业特性决定了他们要具备在逆境中作出决策的能力。来自牛津大学的著名心理学家凯文·达顿在其所著的《异类的天赋》一书中引用了一位美国海豹突击队上校的话，"还用犹豫吗？如果不扣动扳机，下一秒穿过我脑袋的可能就是AK-47突击步枪射出的子弹了"，引人深思。这本书的副标题是"圣人、间谍和连环杀手的成功密码"，我猜我应该被归于连环杀手这类吧。尽管我倾尽了全力，在我漫长的从医生涯中，还是失去了很多患者。其实不论是救治重病的患者，还是挽救将死的伤者，我都会竭尽全力，从不放弃。我就是憎恶死亡，憎恶它带来的痛苦以及回天乏术的无力感。

2019年秋天，在切尔特纳姆文学节上，我第一次遇见了凯文·达顿。他为我主持了一场访谈，现场座无虚席。我们一同探讨了如何才能成为一名心脏外科医生，也聊到了我前不久出版的《刀锋人生》一书。身为特种部队顾问的凯文，曾因公开指出时任美国总统特朗普在"黑尔精神病态量表"上的得分高于阿道夫·希特勒而引发争议。在那天的文学节上，他是这么（之后他也将这段话写进了他的新作《灰度思考》中）介绍我的：

斯蒂芬·韦斯塔比是世界上最杰出的心脏外科医生之一，也是最硬汉的外科医生之一。他曾任职于牛津约翰·拉德克利夫医院，领导心胸外科长达30年。他做过的很多手术足以让其他医生吓得六神无主。他全身心奉献于医学事业，在手术台上，为了使自己长时间保持专注，甚至不惜借助导尿管尿在自己的手术靴里（那是我在我的第一本书《打开一颗心》中提到的）。

在那个不那么墨守成规的时代，他以英勇自负的形象闻名。手术室里，他身着橄榄球服，一边听着大声外放的平克·弗洛伊德的歌曲，一边挥舞手中的手术刀和锯子。作为一名被诊断为精神病态者的外科医生,他巡游在凌晨时分的漆黑医院走廊,像一个无情的杀手追捕者,对死神穷追不舍,几乎将其逼至绝境。他不会放过任何与死神争斗的机会,甚至不惜为此编造借口。如果他幸运地找到了机会,通常都会胜出。

"谢谢你,凯文。"我轻声说道。毫无疑问,凯文这番颇具画面感的介绍引得台下的观众对接下来的故事走向变得敏感起来。于是,我开始据理力争,向他们解释能够在外科领域脱颖而出的,一定是那些行事果断、在危急关头迎难而上的人。为了更好地阐述这一点,我展示了几张我救治过的一例胸部穿透伤的图片,血淋淋的伤口触目惊心,原本安安静静的观众发出一阵骚动。有位敏感的人更是直接晕倒了,从椅子上重重地摔了下来,瘫倒在地。

之后,在休息室里,我和这位刚认识的心理学朋友聊起我出版过的关于重大创伤的教科书,他建议我为普通大众写一些故事。他说:"很多人都会对这样的书感兴趣,我们身边的精神病态者比你想象的要多。比如我特种部队的朋友们,他们一定会喜欢的。"

有趣的是,我把自己这特殊的外科医生形象归功于我受过的一次头部创伤。时光倒流,回到那个性别歧视盛行的摇摆的20世纪60年代,那时我19岁。彼时还没有所谓"觉醒"的概念。对于我这个来自斯肯索普、曾经在钢铁厂打工的无名小卒来说,要想在伦敦的医学院混得开,橄榄球是必备技能。幸运的是,我在这方面非常有天赋。然而,在一个寒冷的冬日下午,我在康沃尔的一次橄榄球巡回赛中被对手一脚踢中头部,当场昏倒。我面部朝下躺在泥泞的水坑里,而我杰出的队友们还在球场上奋力奔跑。对他们来说,是击败这些乡下人重要，还是拯救队友重要？当然是前者。但头部受到的重创，加上缺氧，令我当时的情况十分凶险。

由于头部伤势严重，大脑肿胀，特鲁罗当地的医院将我转到位于伦敦河岸街的老查令十字医院治疗。在那里，彼时还是一名腼腆的年轻学生的我发生了明显的性格变化。我的出院记录上甚至写着"该病人对医生表现出攻击性，与夜班护士混在一起，缺乏自制，行为失检"。凯文认为，我这种变化是经典心理学教材中的菲尼亚斯·盖奇现象。菲尼亚斯·盖奇是一位铁路工人，在一次爆破作业中，意外被一根铁棍穿透了颅骨和额叶。虽然奇迹般地存活了下来，但他性情大变，失去了自制力，变得粗暴无礼，最终被送进了精神病院。至于我，几周后我当选为医学院的社交秘书和圣诞演出主持人。最终，从害羞和自我怀疑中解放出来的我，以"最有可能成功的学生"的身份顺利毕业。

对于外科医生这一职业而言，放纵不羁与大胆无畏是受欢迎的特质。但在其他方面，菲尼亚斯·盖奇现象给我带来的却是灾难。我的感情生活就深受其害。正式成为一名医生后，我娶了读文法学校时的青梅竹马。简是剑桥医学院的高才生，性格活泼大方，毕业后成为一名老师，手术室里的血雨腥风就是她的全世界。很不幸，那场意外彻底改变了我。我再也不是那个来自斯肯索普的内向医学生了，我变得狂妄自大，睾酮分泌旺盛，雄心勃勃。只想成为外科医生的我经常接连几个晚上和周末都在医院度过。放荡不羁加上持续性失眠，那时的我就像达顿描述的那样，在午夜徘徊，只不过不是在医院走廊，而是在护士宿舍里寻欢作乐。我辜负了简。

那个年代，不忠似乎是外科医生的个性特征之一，我身边好几位同事的婚姻都因此破裂。没有任何一个人引以为傲，事实恰恰相反，但至少我还可以将之归咎于脑部创伤。相比之下,规培医生们的心态明显不同。他们中打橄榄球的寥寥无几,大多是自尊心强、低调稳重的知识分子,一直以来都是如此。18世纪,皇家内科医师学会不允许粗鲁的"理发师手术匠"入会。那群在不麻醉的情况下给病人截肢的异类不得不在离伦敦市区约一英里[1]远的林肯律师学院广场自立门户,成立自己的组织。至少他们离那里的律师近一些,关键时刻可以获得帮助,摆脱困境。

我清晰地记得第一次参加皇家外科医师学会会员考试失败的情景。在大厅入口的解剖学家约翰·亨特的雕像旁,成功考取的少数候选人的名字被高声宣读出来。紧接着,获此殊荣的外科医生被邀请进入神圣的大厅领取精致的证书。而我们这些落败者,只能到舰队街上走走晃晃,喝几杯闷酒来安慰自己。

十年后的1978年。我不负母校的期望,成为一名崭露头角的规培外科医生,师从剑桥大学著名移植外科医生罗伊·卡恩爵士。卡恩是一位网球高手,喜欢有运动天赋的学生加入他的团队。他鼓励我继续打橄榄球,我也确实听进去了,结果成了阿登布鲁克医院急诊科的常客。一个阴冷的冬日下午,我穿着满是污泥的球衣坐在护士站,愁容满面,等候一位正畸医生来检查我的颅骨X光片。就在圣诞节前,我的下颌骨不幸骨折,导致一颗臼齿连根脱落,引得一旁的实习护士对我同情不已。突然,萨拉·麦克杜格尔护士长冲了进来,让我赶紧跟她去急诊室。不用说急诊室了,纵使天涯海角,我也会欣然跟随这位美丽的女士前往。但到了急诊室我才发现,等待我的是迄今为止我

---

[1] 1英里约为1.60千米。——译者注(如无特殊说明,书中脚注均为译者注)

职业生涯中最棘手的挑战之一。

伤者是一位在高速摩托车事故中受伤的年轻人，已经失去意识，并伴有左胸腔内出血。值班麻醉医生已经为他上了呼吸机，同时快速补液，但血压仍在持续下降。阿登布鲁克医院没有胸外科医生，但护士长知道我曾在皇家布朗普顿医院做过心脏外科住院医师，问我是否愿意帮忙，即便我的膝盖满是污泥。我答应了。

来不及换下身上的橄榄球衣，我套上手术衣便走上了手术台。一边开胸一边不时回头，往身后的洗手池里吐口中的血。不幸的是，这场车祸切断了这个年轻人的主动脉——人体内最大的血管，导致大出血，徒手根本止不住。最终，由于失血过多，回天乏力，他的生命在一片血泊中定格，手术台前的我也早已被溅得满身是血。但至少我已倾尽全力。就在这个时候，我的正畸医生来了，有人告诉他"韦斯塔比正在急诊室开胸"。显然他被吓到了，以为自己来晚了，导致我已将那颗牙齿吞下，此时正躺在手术台上接受抢救。

我那折断的下颌骨倒也帮了个忙。它阻止了我像上次那样靠口才蒙混过关，通过皇家外科医师学会的口试考核。在积累了大量腹部手术经验后，我转到心脏外科接受培训。在剑桥大学的每一分钟都没有白白浪费，无论是在肠道、胆囊，还是生殖器上动手术。精细的仪器操作、对身体组织的轻柔处理和台上的明智决策，只会来自年复一年的经验累积、日复一日的勤学苦练。像木工一样，外科手术也是一门要求精雕细琢的手艺。要在一个活动的目标上动手术需要高超的技巧。相信我，能给儿童做心脏手术的巧手和自信，绝非能靠看书、听播客或做计算机模拟练习获得——尽管当今的领导者也许会这么跟你说。唯有实践方能得真知。

纵使我对创伤外科充满热忱，心脏外科始终是我的主战场。在我的整个职业生涯中，我未曾停下救死扶伤的脚步，牛津成为英国首批重大创伤中心之一后尤为如此。此外，参观美国、南非和亚洲的创伤中心也让我学到了许多实用的外科技术。犹记得在东京一家医院的急诊室里，我目睹了一位创伤外科医生抢救一名因高空坠落致肝脏破裂大出血的建筑工人的情景。只见他打开伤者的左胸，夹闭了胸主动脉。这一看似简单的操作切断了下半身的血液供应，迅速止住了出血。然而，伤者的肝脏严重碎裂，最终还是不幸去世了。但这段经历深深地启发了我，之后，我成功地用这种方法挽救了牛津大学的创伤患者。

继《打开一颗心》与《刀锋人生》取得成功之后，我需要一些鼓励来写第三本传记。当时还处于疫情封控时期，但既然凯文这样杰出的心理学家都对这本书寄予厚望，我不禁开始思考：我还能做些什么呢？新书的主题聚焦于"如何让英国的医疗环境变得更好"。20世纪70年代，我的医学生涯刚刚开始，那个时候还没有院前急救的概念，救护车会直接把重伤患者移送到最近的设有急诊科的综合医院，而接诊的通常是刚取得医师资格的新手医生，对多发伤完全无能为力。即便有腹部外科和骨外科规培医生值班，他们通常都和他们的带教老师一起在手术室或门诊忙碌。与此同时，躺在急诊室里的伤者仍在不断失血，不断接近死亡。更糟糕的是，脑外科和胸外科专科医生分别在不同医院，很难在第一时间前来支援。然而，就我个人而言，这给我提供了宝贵的锻炼机会。作为一个无所顾忌、雄心勃勃的年轻外科医生，为了挽救生命，我可以在患者身体的任何一个部位开刀。我也确实是这么做的。我真的不想失去任何一位患者，然后向他们处于失去至亲的悲痛中的家人解释。我知道，这种可怕的情况必须得到改变，我也很荣幸能够为推动这一改变尽一份绵薄之力。所以我写了这本书，记录这段难忘之旅。

挽救生命固然是美好的，但正如我之后会解释的那样，20世纪那种大胆剽悍的外科医生的刻板印象已不复存在，我讲述的故事属于逝去的年代。在当今这个倡导平等与多元化的时代，外科医生和其他任何职业一样，有明确的工作时间。与过去相比，他们的培训时间更短，而且术业有专攻。不要指望胃肠外科医生做开胸手术，或心脏外科医生做开颅手术。也不要期望泌尿外科医生能够做胃部手术。那些日子已经一去不复返了，或许也是好事。所以，看病时请一定找对医生，开车时，请千万系好安全带。

序章

生活是不公平的,适应它!

——比尔·盖茨

1980年春天,一个星期六的早晨,我坐在黑尔菲尔德医院手术室里,正准备大显身手,取出卡在一位婴儿的支气管中的花生米。我熟练地操纵着手中的硬质铜支气管镜,将细长、发着弱光的镜头经过咽喉置入患儿的胸腔深处,这和吞剑并无不同。就在我定位到那颗花生米时,护士长从麻醉室门外探头进来。察觉到她的存在,我尽全力保持专注,通过漆黑的通道缓缓置入异物钳。然而,护士长身上的香水味比麻醉气体更为浓烈。

见我无动于衷,她有意咳嗽了一声,敲了敲门便径直走了进来。"很抱歉打扰你,斯蒂芬,总机刚来电说威科姆医院手术室现在需要你,越快越好。显然情况紧急,那边的医生说不用回电话,直接去。你现在抓紧过去吧。"此言一出,我的注意力烟消云散。一下用力过猛,手中的异物钳将花生米夹得四分五裂。顷刻间,油腻的花生碎屑在无法触及的细支气管中消失得无影无踪。尽管大脑皮质中回荡的是"该死",我还是克制住了,嘀咕道:"我抽吸不出来的碎屑只能由这个孩子自己咳出来了。看起来我必须走了。"

那时我32岁,是一个不知疲倦、野心勃勃的肾上腺素瘾君子,一心只想成为一名心脏外科医生。我的第一段婚姻也因为我自己的过错而破裂。就这样,我拉着装满衣服和书本的行李箱——我的全部家当,来到了黑尔菲尔德医院。我既没有房子,也没有车,把医院宿舍当作家,随时处于待命状态。事实上,我也别无选择。作为久负盛名的心脏外科专科医院,黑尔菲尔德医院承担着北伦敦及周边地区胸外科急诊病人的接诊和救治任务。从市郊的中央米德尔塞克斯医院与诺斯威克公园医院,到北部的海威科姆、赫默尔亨普斯特德与圣奥尔本斯,再从西部的斯劳和温莎到东部的沃特福德和巴尼特,黑尔菲尔德医院为周边许多设有急诊的医院提供诊疗服务。其中一些医院每月会开展一两次胸外科门诊,所以作为一名自由执业医生的我,至少知道这些医院都在哪里。即便如此,我从未在高级教学医院手术室以外的地方做过手术,所以在这些地区医院做急诊手术的经历让我感受到了文化冲击。

那个年代,要成为一名外科专科医生,首先得完成普通外科培训,而我很愉快地在剑桥完成了这段学习之旅。虽然过程并非一帆风顺,但我最终还是顺利通过了考试。接下来,有志成为心脏外科医生的医学生要接受肺外科和食管外科培训,主要是癌症手术。对我来说,这些结构远没有跳动的心脏迷人。心脏是个奇妙的器官,观察、修补它都令人着迷。相比之下,海绵似的肺只是简单地充气、收缩,有点像我的私处,只不过可能频率更高一些而已。但只要手里有把手术刀或持针器,我就是快乐的。手术室是我的避风港,沉浸在手术之中,我得以从生活的一地鸡毛中解脱出来,收获安宁。这点无须多言。然而,外科培训似乎看不到尽头，周末用支气管镜取花生米算是偶尔的调剂，但也好不到哪儿去。

我在黑尔菲尔德医院的直属上司是两位杰出而有些古怪的胸外科医生，他们即将迈入退休生活。一位是资深胸外科医生约翰·杰克逊，一位亲切的爱尔兰人，他的父亲是都柏林圣帕特里克大教堂的教士。当我这个任性的学生带着大包小包从公交车上下来，出现在他面前时，他当即认为我需要一辆车，便载着我去找他在北伦敦开车行的一位老病人，多年前罹患癌症的他视我的老师为救命恩人。就这样，我以出乎预料的低价买了辆二手蓝色名爵汽车，我想这大概是对我将要肩负的人道主义使命的慈善捐助吧。

我的另一位老师是玛丽·谢泼德，是那个年代极度稀缺的女性心胸外科医生。她是个与众不同，甚至有些奇特的人物：未婚，开白色捷豹汽车，烟不离手，整日吞云吐雾似烟囱。当我在肺癌门诊直言不讳地要病人戒掉吸烟的恶习时，她在旁边一边咳嗽，一边像猫一样冲我咧嘴傻笑。在沃姆伍德·斯克拉布斯监狱理事会任职期间，玛丽欣然让我全权负责医院的工作。她经常暗示我，说我其实更适合待在那里，而不是我正在轮转的著名的哈默史密斯医院。

我与他们俩相处得都很好，因此，他们很愿意把整个区域所有的创伤急救全权交给我——他们唯一的高级住院医师。这在那个时代是难能可贵的，毕竟在当时的国家医疗服务体系中，重大创伤与其说是优先救治的急症，不如说是一块烫手山芋。那时还没有规范、协调的救治体系。骨科医生负责修复骨折，普外科医生负责探查腹部损伤。有时，脑部创伤患者会被送到神经外科专科医院，但大多数患者都没这么幸运。胸部创伤的救治也是如此。然而，由于当时黑尔菲尔德医院刚启动了一个心脏移植项目,重症监护室都用于收治移植术后处于免疫抑制状态的患者了,不具备接收外院胸部创伤患者的条件。所以只能由我到患者所在的医院,在那里为他们治疗。

黑尔菲尔德医院的地理位置十分独特,对一个渴望成为全球最大心脏移植中心的地区心胸外科来说尤为如此。在米德尔塞克斯郡北部一条狭窄曲折的乡间小道上,藏着一个不起眼的村庄和曾经宏伟壮丽的黑尔菲尔德庄园,俯瞰科恩谷和大联合运河。20世纪初,这片土地属于富有的澳大利亚牧场主查尔斯·比尔亚德-利克,他住在一座恢宏的17世纪庄园里,周围有湖泊、马厩和马车房。几十年后,我有幸住在这个庄园三楼的豪华卧室里,可以俯瞰建设中的M25高速公路。

第一次世界大战爆发后,乐善好施的利克将他的大庄园捐给了澳大利亚政府,用作从法国和比利时撤离的受伤士兵的庇护所。偌大的庄园很快人满为患,四周又建起了临时木屋和帆布帐篷,澳大利亚第一辅助医院就这样诞生了。最终,它容纳了两千名背井离乡的伤员。战争结束后,米德尔塞克斯郡议会接管了这些建筑,并改建为肺结核医院。医院建在海拔290英尺[1]的高处,据称能够为结核病人提供新鲜的空气和和煦的阳光,帮助他们更好康复。随后,几幢三层平顶砖房拔地而起,玻璃走廊和阳台的设计让患者在休息时可以充分沐浴阳光。整片建筑的平面布局酷似一只展翅飞翔的海鸥,主入口位于嘴喙处,对面还有一座音乐厅,今天依旧如此。再后来,外科手术开始被应用于治疗棘手的肺结核并发症,建筑后方又新建了手术室。

二战期间,黑尔菲尔德医院与位于帕丁顿的圣玛丽医院一样,专

1　1英尺约为0.30米。

用于收治空袭中受伤的人。为此，这里成为一家综合医院，并于1948年由刚成立的国家医疗服务体系接管。也是在那个时候，科茨沃尔德美军野战医院的医生成功在手术中取出了伤者心脏里的子弹和弹片，心脏外科正式成为一门专业学科。而黑尔菲尔德医院在肺部手术方面取得的进展则为托马斯·霍姆斯·塞勒斯爵士开创心脏手术的新篇章奠定了基础。

我在剑桥帕普沃思医院开启了我的外科规培之路，来到黑尔菲尔德医院之后，我发现这两家医院其实有很多相似之处。帕普沃思医院在二战期间也是一家乡村疗养院，用于收治患有肺结核的士兵。此后数十年的时间里，这家与市中心的阿登布鲁克医院相距15英里的疗养院不断发展，先是成为胸科中心，之后是心脏病中心、心胸外科中心，最终成为心脏移植中心。离开帕普沃思医院之后，我有幸成为剑桥大学罗伊·卡恩爵士的住院医师。那时，他刚在阿登布鲁克医院开展了一个开创性的肝肾移植项目，这得益于剑桥大学在免疫抑制剂环孢素研究上取得的突破。

我还记得在国家医疗服务体系禁止唐纳德·罗斯等心脏外科医生在伦敦开展心脏移植后，剑桥内部就重启英国心脏移植展开了激烈讨论。尽管帕普沃思医院是英国的心脏外科中心，卡恩教授还是希望所有的移植手术都能够在一个成熟的医疗机构进行。他质问道，是几个小时就能完成的血管吻合重要，还是攻克夺走无数生命、让所有努力功亏一篑的移植排斥反应难题重要？但事与愿违。

英国首例心脏移植手术在伦敦市中心的英国国家心脏医院完成，中断多年之后，两家毫无关联的乡村肺结核疗养院重启了心脏移植。这并不是国家医疗服务体系的战略规划，完全是医生的个人选择。外科医生们只是宣布"我们要在这里做心脏移植",然后他们就做了。当我来到牛津开发可以替代心脏的机械心脏时,我也是这么做的。所谓机械心脏就是现成的可替代心脏泵血功能的装置,能够为苦苦等待供体心脏的患者带来生机。

你问我是否喜欢在乡下做肺癌和食管癌手术?老实说,不喜欢。20世纪80年代还没有计算机体层扫描(CT)或磁共振成像(MRI),只有普通胸部X光检查。因此,如果X光片上看不到明显扩散,我们就会切除肉眼可见的肿瘤。然而,病人的实际情况往往更糟,体内还有很多肉眼不可见的转移灶,复发是迟早的事。此外,切口长、创伤大的传统开胸手术只会给病人带去痛苦。好在现在一切都不同了,曾经的绝望与沮丧一去不复返了。我是个闲不住的人,很容易感到无聊。所以在做了几个月的癌症手术后,我以代理普外科主任医师的身份去了香港,检验我在剑桥学到的知识。抵达香港后,九龙的一家公立医院询问我是否可以为他们做一些胸外科慈善手术。有这样的机会我当然很高兴,在这里我可以接触到各种在西方从未遇到过的病例。

再度回到黑尔菲尔德医院的时候,除了满满的自信,我还带回了另一样东西,随即引发了争议。那是香港大学王源美教授教给我的一种看似疯狂但相对安全的食管癌术式,即用手指钝性分离出颈段食管,无须开胸,只需在颈部做一个小切口,同时在上腹部开一个小切口用于游离胃。之后,再将胃做成类似食管的管状,上提至颈部与食管残端相吻合。太神奇了。我的上司之一,杰克逊先生让我在伦敦向一群胸外科医生展示这种侵入性较小的术式,但想必没有人会采用这种令人生畏的手术方式。大多数人心存顾虑,我自然成了他们眼中鲁莽的年轻人。而我也确实是这样的人。至于原因,直到后来才会逐渐显现出来。

杰克逊先生是真心关心我前途的好上司,事后,他邀请我到他家谈心。"韦斯塔比,"他说,"你有些与众不同,而我正试图弄清你究竟不同在哪里。要在这个行业立足,你必须克服重重阻碍,而那些成功的人都必须适应环境。你是个天生的外科医生。在这方面,你的表现远远超出了你的地位,但你激怒了同行。他们不会希望你成为他们的同事,这样你就无法得到本属于你的工作了。"

于是,我把在医学院读书时头部受伤的经历告诉了他。正是橄榄球场上的那宿命的一击彻底改变了我的个性。自我意识和自我反省烟消云散,取而代之的是放纵不羁、无所畏惧。虽说这两点似乎是成功外科医生的必备特质,但奈何他是我上司,我最终还是把这句话咽了回去,只是微笑着说:"我也不是故意要与众不同的。都怪那个踢我头的康沃尔乡巴佬!"杰克逊笑了,我想他终于要说到重点了。"当然了,我们非常欢迎你的加入。玛丽和我几年后就要退休了,那正好是你完成培训的时候。"

"谢谢您对我的认可。"我说道,但我并不打算留在胸外科。心脏外科才是我的心之所向。尽管如此,在远东的冒险后,这份热情的支持还是让我稍微安下心来。

虽然我更想在哈默史密斯医院或大奥蒙德街儿童医院工作,黑尔菲尔德医院也有它独有的魅力。我住在有酒吧的豪华庄园里,还有两位支持我的老板,他们在这一行摸爬滚打数十年,非常乐意把自己的病人交给我。这里的员工大多是本地人,友善可亲,就像在小一些的医院那样。附近还有舒适的乡村酒吧,我可以坐在温暖的壁炉边,和当地人侃侃而谈手术台上的血雨腥风。晚上被叫到医院时,我经常偶遇闲庭信步的狐狸、獾或鹿,还能听到猫头鹰的尖叫。在那个阶段,创伤外科完全由我支配,其他人都不愿做这个工作。

血浴

相信自己。你比你想象的更勇敢、更有才、更能干。

——罗伊·T. 贝内特

护士长的一席话将威科姆医院的绝望氛围展现得淋漓尽致。情况紧急,我连身上的蓝色手术衣都没换,也没拿夹克,就直接开上我的蓝色名爵汽车出发了。虽然有些冒险,但油箱里的油应该刚好够我开15英里。在这样一个阳光明媚的周末,开车上路的感觉好极了。

那天是周六,小镇刚刚苏醒,当我驶离医院大门右转时,外出购物的人们正慢悠悠地穿过主街。不像警车或救护车,我的车上既没有闪烁的蓝灯,也没有警报器,无法传递紧迫感。但电话那头的绝望足以表明患者的时间不多了。若不是需要紧急手术,他们也不会打电话给我们。于是我开始不顾路上的其他车辆和行人,一路猛踩油门,按着尖锐的喇叭,让每个人都认为我是个彻头彻尾的傻瓜。进入城区后,我彻底放飞自我,开着我的老古董全速驶向牛津路。

急诊科大门外停着几辆警车,为前方的情况提供了一些线索。在肃静的接待区,我询问手术室怎么走。护士问我:"您是黑尔菲尔德医院的胸外科医生吗?"得到肯定的答复后,她告诉我:"请乘电梯到二楼，再跟着指示牌走。希望您还来得及，祝那个可怜的女人好运。"

急诊抢救区有一间空着的隔间，帘子半掩着，里面没有推车，但地上散落着用过的拭子，还有一摊摊干涸的血迹。更多的血滴标记出一条通往电梯的路，其中一部电梯标着"故障"，我猜可能是正在清洁中，也不禁怀疑我紧赶慢赶，还是来晚了。就在那时，一位抱着好几袋血的搬运工从我身旁跑过，正要由楼梯上楼，我便跟着他上了二楼。一位身着制服的警察正一言不发地站在手术室走廊的入口处。他向我挥手示意，淡淡地说："先生，他们在2号手术室。"也许我的病人还活着。

手术室的自动门像是有心灵感应一般开启了。无影灯下，麻醉师正在拼命地挤压刚从冷库里取出来的血袋。我之所以知道，是因为我刚看到那位精力充沛的搬运工把血袋交给了她。尽管在这种情况下，输冰冷的血并不好，但救命是当务之急。那时，我已经得出结论，这将是一场恶战。当手术室的人为我这个"来自黑尔菲尔德医院的英雄"让路时，我甚至有些措手不及。女孩血迹斑斑的内衣散落在手术室地板上，那是医生们为了充分暴露伤口从她身上剪下的。我的目光被那个深深地刻在她腹壁上的字母"T"吸引，露出的皮下脂肪在手术灯下闪闪发亮，呈现出金黄色。她的颈部和胸前还有多处刺伤，其中至少有两处位于心脏正上方——显然，这是一次典型的谋杀之举。黑尔菲尔德医院接到求救已经是一个小时前的事了，我不明白这个女孩是如何撑到现在的。

绝望与沮丧的氛围笼罩手术室。我的大脑飞速运转着。病人目前的血压在70/50毫米汞柱（mmHg）上下，心率为136次/分。我想知道她的静脉压，但他们并没有为她置入导管。尽管输了血，她依旧脸色惨白，四肢冰冷，大汗淋漓，是典型的失血性休克，同时还伴有心脏损伤。我可以确定那把刀至少刺穿了她的右心，但流出的血一定积聚并凝结在了心脏周围的包囊，即心包中，所以出血量减少了。我们称之为心脏压塞，此时至关重要的是不要过度增加循环血量，以免伤口处的血块脱落。我知道这一点，但非心外科出身的医生通常不然。他们往往只会继续尝试恢复患者的血压，但其实在这种情况下血压是不可能恢复的。

还有一件事让我非常困扰。麻醉师没有为她插入气管插管，以保证气道通畅。更重要的是，我听到女孩颈部伤口处有漏气声，表明她的气管被刀划破了，但程度究竟如何，不得而知。和我并肩作战的麻醉师不想冒险进行气管插管，以免管子将损伤的气管完全离断。那样的话，通气功能将完全丧失。因此，她选择以面罩通气的方式为女孩提供氧气和麻醉剂。这些气体的一部分会被输送到她的肺部，剩余的气体却被我们呼吸着。我还注意到了另外一点：女孩的腹部肿胀。要么里面充满了血，要么她处于孕晚期，我怀疑是前者，如果是后者，威科姆医院的医生肯定已经考虑到了。因为在这种情况下必须快速将胎儿娩出，以免母体失血性休克影响胎盘功能，威胁胎儿生命。

弄清这些问题的同时，我几乎没说什么话，也努力克制自己不去批评别人。只是说了句："先别再给她输冰冷的血，也别输液了，不然只会影响凝血功能，我会直接开胸控制住出血。在这之前，我需要支气管镜和一套食管探条，你们这里有吗？"我需要为她实施气管插管，这样至少能够保证气道通畅，控制呼吸。"还有，你们给她拍过胸部 X 光吗？"我的这两个问题让不安的护士们一下子紧张有序地忙碌起来。支气管镜放在哪里？从来没有人用过。胸部 X 光片呢？在楼下的急诊室里没带上来。我让值班实习医生以最快的速度把它取回来。

普外科值班主任医师去哪里了？有任何高年资医生关心这起可能的谋杀案吗？接电话的人当时正在打高尔夫，只撂下了句"你需要的是一位心胸外科医生，而不是我，联系黑尔菲尔德医院"。这在那个年代是常态。代班麻醉师温迪·吴肩负起了抢救这位可怜女孩的重任。她明智地判断女孩需要立即接受手术，所以直接将她送到了手术室，希望能有外科医生接手救治。在这种情况下，这是正确的决定。但现在不需要再输血了，我需要先将心脏和主要血管的出血止住，否则输再多的血也无济于事。

支气管镜已准备就绪，幸好，在手术室助理终于想起来插上电源后，光源还能亮。显然，这套设备已尘封多年。见温迪对接下来该做什么有些不知所措，我礼貌地指示她先用面罩给氧，进行持续过度通气，然后让我接手。忽略颈部触目惊心的伤口，我将女孩的头向后仰，下颌抬起，然后将支气管镜沿舌背向喉咙深处推进。铜质导管与她的牙齿摩擦，在缓缓深入的过程中，导管末端充满了血和分泌物，之后，视野一片漆黑。

在充分吸引气道中的血液和黏液之后，我辨认出了"咽喉要塞"——会厌软骨。镜头靠近时，声带受到刺激发生痉挛，但很快就通过了它们。前方黑暗的"D形"管道就是充满陈旧性血凝块的气管，我一边继续推进，一边吸除血凝块。就这样行进到约三分之一的位置，我发现了一处刀口，深度差不多是气管直径的一半。从外观上判断，我认为如果先插入柔性探条，再将硬质气管导管沿探条置入，应该不会导致气管离断。这和从小孩子的支气管中取花生米相比，完全是小巫见大巫。导管深入气管后，我让温迪给导管末端的气囊充气，这样可以确保输入的气体都进入女孩的肺部而不从伤口处泄漏。之后她可以固定导管，防止其在术中脱出。

当我转向温迪时，她明显在颤抖。谁又能责怪她呢。她很清楚我接下来要做什么，整个人紧张不安。我尝试转移话题让她安心一点，便询问他们是否有体内除颤电极板，但这并没有奏效。于是我单刀直入地问她："你做过心脏手术吗？"她第一次拉下了口罩，试图用牙齿咬开一个顽固的药瓶盖。"没有。"她轻声说道。此时此刻，浑身充满肾上腺素和睾酮的我觉得她无比迷人。这会有什么影响吗？理应不会，但实际上确实有。

在这里，国家医疗服务体系严格的等级制度被颠覆了。规培医生也需要负起责任，她知道这一点。作为我目前唯一的帮手，为了不让杀人犯得逞，我们需要在接下来的数小时内保持冷静而相互支持的工作关系。如果我们成功挽救了这名受害者，我们也许会在日落时分驱车前往亨利或马洛，找个酒吧小酌一杯。即便等待我的是一场恶战，这美好的周六夜晚岂能辜负，更何况眼前还有位美丽的女子无时无刻不在吸引我的注意力。那个年代，外科领域仍盛行性别歧视，但今时已不同往日，如果我有任何非分之想，就会像一个调皮的学生那样被立刻开除。

准备就绪后，我开始进行手术区域的消毒、铺巾，先用碘酒消毒下巴至耻骨区域，着重清洁多处污染伤口。当我消毒完毕，正准备铺巾的时候，助理带着女孩的胸部 X 光片回来了，并将它放在了墙上的观片灯箱上。这张片子揭晓了大部分谜底。球形的心脏轮廓首先引起了我的注意。训练有素的胸外科医生一眼就能看出异样，心脏周围有大量积血，这解释了为何输了几升的液，女孩的血压却依旧上不来。

她的右侧胸腔也有血和空气，正好是她胸部第二处深穿透伤的位置。此外，从 X 光片上看，她的左侧横膈有些模糊不清，我感觉是腹腔内的积血将它抬高了，颈部皮下组织中还可见游离气体，这是预料之中的。

温迪问我打算如何处理。我告诉她我想从颈部开始，沿腹正中线做纵行切口至脐部。我会先修复心脏，然后根据出血情况判断哪些伤口要优先处理。我们还需修补气管，但鉴于目前气管损伤已得到控制，可以留到最后来做。我可以感觉到那位紧张得汗流浃背的器械护士已经完全无所适从。

我看了眼手术器械托盘，却没看到胸骨锯的踪影。在心脏外科中心，我们通常会用电动胸骨锯纵行锯开胸骨，再用金属牵开器将其撑开。手术室护士长几乎已经把所有能找到的牵开器都摆在我面前了，却唯独没有电动胸骨锯。"抱歉，我们这里确实没有锯子，我只找到了一把老式凿子和一把锤子。因为我们这里从来不做心脏手术。"当然她其实不必告诉我这些。我别无选择，必须在这个陌生的环境中与一群之前素未谋面的人合作，既开胸又开腹，处理颈部创伤，挽救这个无辜的生命，这就是现实。没问题，我在香港已经做过了，在海威科姆肯定也可以。

虽然我从未用过凿子和锤子开胸，但没关系，至少有东西可以用。温迪提醒我，女孩的血压又开始下降了，但输血早已停了。于是，我立刻从她颤抖的手中接过手术刀，划开皮肤和皮下脂肪，切口长达 18 英寸[1]。但由于女孩已经处于重度休克状态，几乎没怎么出血——她的

1　1 英寸为 2.54 厘米。

浅表血管均已收缩，以将血液输至重要器官。注意到这一点的我问温迪："她现在是酸中毒吗？"血乳酸水平是判断肌肉和组织器官血流灌注充分与否的重要指标。"是的，而且很严重。"麻醉护士回答道，她是温迪的助手。上一次测得的血液 pH 值是 6.9。

"该死，"我说道，"你觉得我们应该给她输一些碳酸氢钠吗？"

"已经输过了，"温迪说，"我正在重新测血气和血红蛋白水平。"

划开表皮后，我的刀划得更深了，直接切到了胸骨上方，切开了腹肌，但切口依然没有血渗出。我迅速进行下一步，将食指插入胸腔，抵住胸骨，准备用我的原始工具开胸。这把不锈钢凿子算古董了，刀刃锋利，下端还有护板，作用是保护下面的组织。我要做的就是将手中的凿子对准胸骨中线，用金属锤不断敲击，就这样，伴随着飞溅的骨髓，胸骨被一点点劈开。这个过程用锯子只需五秒就能完成，用凿子却要花上五十五秒。其中大部分时间都花在了保持凿子与胸骨中线对齐上。

劈开胸骨后，手术进入了最惊心动魄的阶段。无影灯下闪闪发亮的心包明显肿大并呈暗紫色，表现出典型的心脏压塞征象，从伤口处可见心包腔内积聚的血凝块膨出，形似肝脏。尽管全神贯注，我还是注意到了身后的嘈杂。温迪正牢牢地注视着眼前这个打开的胸腔，就在这时，被派来收集证据的警察昏倒在地，失去了意识。他一定是没来得及吃午饭，饿晕的吧。

一般人们会如何度过周六下午的时光呢？运动或购物？和孩子们一起在林间或河边散步？还是和爱人依偎在床上？反正这都不是我。我哪里也不会去，我在这间设备简陋的地区综合医院手术室，与一群敬业的医护人员并肩战斗。不过，他们好几位已处于恐慌发作的边缘，而我的手术才刚刚开始。我很放松,因为我喜欢动手术,而这场手术也非同一般,富有挑战性,而不是无聊的常规手术。你问我有没有把台上的这位病人看作一个鲜活的人?这种问题重要吗?这位受害者并不需要一位焦虑不安、善于共情的外科医生,她需要的是一位能干的专家。就像赛车手需要一级方程式赛车技师,而非街角汽修厂里善解人意的学徒。

我用组织剪的刀刃划开伤口,自上而下打开心包。只见血块滑进伤口,伴随心脏的每一次收缩,血液从扩张的右心室上的伤口喷出。而我冷静地往后退了退,任由血液喷涌而出。这一幕让温迪有些不知所措,显然也吓坏了护士们。那位警官如果没晕倒的话,八成已经把我逮捕了。

"你为什么要这么做?"温迪倒抽了一口气,就差没脱口骂我"疯子"了。

"看看这颗心脏,"我说,"这脆弱的心肌有能下针的地方吗?它胀得就像颗血淋淋的气球!过度充血造成心脏压塞,进而导致低血压。现在你再看下血压和心率。"

监护仪显示患者的血压为 130/70 毫米汞柱,心率也下降到 100 次/分。此时,伤口边缘又开始渗血。确信自己已经引流出足量积血,最大程度减少压塞后,我用手指轻轻堵住出血点,让器械护士递给我尼龙缝合线。

大部分人从未见过一颗跳动着的完美心脏,更不用说在上面缝针了,光想想就觉得惊心动魄。但于我而言,这就是我的日常工作。那时的我也许还是一名见习医生,但我对自己的能力很有信心,这得益于我积累的一点经验和一场严重的头部创伤。玛丽·谢泼德常拿我开玩笑，说我是一名出色的外科医生，但变成一名杀人犯也就在一念之间。

我一共缝了三针，针与针的间隔恰到好处，每个结的力度也恰如其分。在此期间，尖锐的针头刺激心房，引发了一阵心动过速，但最终自发停止了。除颤器根本没派上用场。除了刚修补好的这处心脏伤口，患者胸骨右侧还有一处刺伤，直贯至右肺旁。于是我从中线切口进入，打开了我们所说的胸膜腔。腔内的空气和血顷刻间溢出，流入吸引器中。由于没有可供我们回收血液再回输的设备，这些血只能被丢弃。我们黑尔菲尔德医院有一位资深麻醉师，换作是他，也许会用这些血来浇灌他花园里的玫瑰。

此时，粉色海绵状的肺还在不停地渗血和漏气，但缝合这些脆弱的组织只会让情况雪上加霜，就和缝果冻是一样的道理。所以我选择用电刀对渗血部位进行电凝止血，而留置在胸腔内的吸引管会将剩余的积血吸出。除此之外，我还打开了患者的左胸，将其内的积血一并吸出。在那之前我一直不想开腹，理由很充分：万一那把刀刺穿了肠，患者的整个腹腔都可能被粪便污染，我真的不希望粪便漏得到处都是。因此，我先用浸满碘酒的纱布垫覆盖住了胸部的切口。

果不其然，那个"T形"伤口造成了体内多处深度穿透伤。我很好奇他为什么要这么做——没错，我自然而然地将杀人狂当作一名男性，在此向性别平等主义者致歉。凶手先是捅了受害者的心脏，已经算是致命一击了，但他并没有收手，反而进一步残害她。能下此毒手的一定是个恶毒的精神病态者，而非像我这样仁慈的精神病态者。

我打开腹腔准备一探究竟。只见肝脏、脾脏和肠上有多处损伤，创口都在渗血，但电凝即可止住，没有严重出血。那个时候，我们处

血浴　025

理脾脏损伤的方式通常就是直接切除，并没有考虑脾脏摘除对患者免疫功能的持久影响。用血管夹阻断脾动脉和静脉，切除脾脏，结扎血管，将脾取出。就这么简单。肝脏上有一个独立的深穿透伤，但在人体自然凝血机制的作用下已经被封住了。我仔细检查了伤口，没有发现任何血液或胆汁漏出。

接下来是更棘手的结肠修补。这处刺伤约两厘米长，是一个独立的伤口。由于还需要修复气管，我不想让情况变得更复杂，所以我只是做了缝合。纯粹主义者可能会认为我应该行结肠造口引流粪便，以保护修补处不受污染，但我没有这样做。我认为在接下来的几天里我们应该不会给她进食，而她体内剩余的肠内容物很快也会排出体外。

颈部伤口比想象的还要可怕，而且我已经开始变得焦躁易怒。并不是因为身体上的疲劳，而是因为身边没有熟悉的团队，每一个器械都需要我张口要。我厌倦了等护士从储藏柜里翻出我要的器械，厌倦了向我那缺乏主动性、心不在焉的助手一遍遍解释他需要做什么。此外，温迪无法根据我的需要调控血压也让我感到无力。

紧接着，重头戏来了。原来那把刀不仅切断了气管，还刺破了它的邻居——食道。胃内容物和胃酸反流到了伤口中，还溢到了呼吸道里。我将颈部的切口扩大，充分暴露出伤口。她的右侧颈静脉也被切断了，但幸运的是，急救人员在现场进行了按压止血，也许正是这一举动救了女孩的命。我想应该让那位急救人员知道这一点，但转念一想，女孩能不能活下来目前还是未知数。随着手术的进行，她的体腔被完全打开，眼前的景象看上去更像是一次尸检，而非一场精细的手术。

手术进行到这个阶段，我感到有必要对每个人友善些。毕竟，对于那些不那么痴迷于处理多发创伤的人来说，这个下午过于难熬了。那位晕倒的警察醒过来了吗？他已经被人抬出去了，此刻正坐在椅子上喝茶休息，毕竟在英国，茶可以治愈一切。我继续我的手术，将断裂的颈静脉两端结扎，因为她并不需要这根静脉，其他血管会代其发挥功能。破裂的气管也不是问题。经过简单的缝合，漏气的地方就完全修补好了。食管本质上就是一条肌肉组成的管道，但为了防止术后胃酸反流加重食管损伤，让她的胃保持排空状态非常重要。我们通常会为腹部手术患者放置鼻胃管进行胃肠减压，同时也可以通过这根管子为患者提供营养支持。我希望只要把缺损处缝合好，并让她在接下来的几周里保持禁食，伤口就会慢慢愈合。但我最终还是决定先不缝合，让皮肤和皮下组织保持开放状态，避免缝合处形成脓肿加重感染。因为这种深度深、污染重的创口往往感染风险极高。

我又花了半小时检查伤口，放置引流管。温迪已经纠正了代谢紊乱，女孩的心脏重新有力地跳动起来。我问麻醉护士给女孩输了多少血，这才得知她竟然已经输了 21 个单位的血了。其中很大一部分不可避免地从伤口流出，之后被抽吸了出来。但总的来说，她目前的血红蛋白水平还可以接受。考虑到威科姆医院没有用于闭合胸骨的不锈钢针和缝线，我提前给黑尔菲尔德医院手术室打了招呼，让他们送一些过来。既然这会儿东西还没到，我决定先去上个洗手间，毕竟这次我没穿我特制的布罗克勋爵手术靴。

当我脱下浸透汗水的橡胶手套和满是鲜血的手术衣时，温迪瞥见了我衬衫后背上的一片汗渍。

"原来你也会出汗啊，"她感慨道，"我还以为你是冰做的呢。"

我脑海中立刻闪过一句尖锐的回应："我是冰做的啊，但这个手术室太热了,我都快融化了,出去透透气,等东西到了我再回来。"

我的新朋友温迪·吴看起来有些忧心忡忡,小声嘀咕道:"不要离开我太久。"她说这话时表现出了一种出人意料的不安,但她才是让那位奄奄一息的女孩撑过三小时的幕后功臣。后知后觉的我恍然大悟。两个互不相识的陌生人为了拯救一个年轻的生命走到了一起,成为并肩作战的队友。这是医疗剧中的情节,也解释了为什么很多外科医生最终会走上离婚法庭。

我漫步回到了急诊科,打算到外面的救护车停靠区呼吸春日午后的清新空气。洒满鲜血的接诊区已经被清理干净,一位手臂骨折的骑车者在那里痛苦地呻吟。似乎没有人对他感兴趣,包括我自己。雨过天晴,一群轻伤者陆续涌入急诊科,一看就是刚从球场上下来。那一个个脏兮兮、血淋淋的膝盖,一颗颗打着绷带的脑袋一下子把我带回了在剑桥大学打橄榄球的日子。这时,一位老太太蹒跚走来,问我能不能扶她到接待台,我欣然答应了。之后她到长凳上坐下,开始无尽的等待,她向我表达了感谢,还问我在这里当搬运工多久了。

"感觉有一辈子了。"

1980年还没有手机,所以我要和黑尔菲尔德医院总机确认我的缝合线到哪里了。就在我拿起话筒的时候,送缝合线的人正好从出租车上下来,将它们送到了接待台,我的思绪也随之转移了。见我回来,温迪很高兴。

"她的状态很稳定。"她喊道,话语中还带着一丝难以置信。

"她怎么会不稳定呢?"我反问,仿佛被她这番话伤到了,"我已经把血止住了,你应该也没再给她输冰冷的液体了。那个要杀她的浑蛋也不用面临谋杀指控了。希望这可怜的女孩能挺过去。最好提前通知重症监护室,她很快就会转过去了。"

说这话时,我并没有表露我的担忧。等我驾车消失在夕阳里,谁来照顾她?这次手术只是漫漫长路的第一关。除了若有所思的温迪·吴、那个沉默寡言的外科住院医师和那个晕倒的警察外,根本没有人关心这个女孩。

在扬扬自得地对有力跳动的心脏和整洁的缝线做最后一次检查后,我用不锈钢丝将打开的胸骨闭合。关胸并不是通过打结将胸骨缝起来,而是靠牵拉钢丝将两侧的胸骨对合固定,再用钢丝钳剪去多余的钢丝。那时候,我已经受够了,于是让那位没什么存在感的住院医师为女孩关腹,并将剩下的伤口缝合好。之后,他应该告诉他的老板,在他的老板忙着打高尔夫的时候我们做了什么。

当我从手术台上下来时,温迪·吴摘下了口罩,对我微笑。我们一起将女孩从死神手中抢了回来,没有为谁该主掌大权发生争吵。这是一个温和的顾问麻醉师和一个好斗的心脏外科规培医生并肩作战换来的。数小时的鏖战后,2号手术室终于被宁静而满足的氛围所笼罩。

随着我体内的肾上腺素渐渐退去,睾酮取而代之,20世纪80年代手术室里的经典场景随之上演。一开始,我静静地坐在角落里写手术记录。我把每一处伤口的形状都绘制了出来,记录它们的深度,并用文字描述了伤口之下器官的损伤情况。如果女孩真的挺过来了,我的文字和插图将成为一份重要的法律文件。与此同时,我观察着在一旁整理设备的温迪,当她准备将女孩转移到重症监护室时,我向她走去。那时,我已被她深深吸引。这是一种只有在医院里才会发生的奇妙化学反应。如果说手术室是一支试管,我们就是酸和碱,只需轻轻摇晃混合,气泡就会喷涌而出。

血浴

"你来自香港吗?"这是我的开场白。

"是的。"温迪回答道,"你怎么猜到的?"

我本可以说她的眼神透露了这一点,但我已经学会不要对中国女性太过套近乎。所以我只是说了句:"我不久前刚在香港做了几个月的手术。我喜欢那座城市。"

我们的对话由此打开,后来我得知她的父亲是香港大学医学院的一名麻醉师。或许我在那里见过他,但那不是重点。我正要邀请她在那个夜晚出去小酌一杯的时候,一个护士打断了我。

"韦斯塔比先生,有电话找您。我想是黑尔菲尔德医院打来的。"

我在心里暗自咒骂,但只轻声回复道:"谢谢。"

再出发

不要温和地走进那个良夜——怒斥，怒斥光明的消逝。

——狄兰·托马斯

黑尔菲尔德总机的接线女孩都直接叫我的名字。

"史蒂夫[1]，你的高级住院医师让我们联系你。杰克逊先生的一位术后患者半小时前心搏骤停了。人暂时抢救回来了，现在在重症监护室，但他们需要你过来看看。他们认为他的胸腔充满了血。"

我沉默了一会儿。那沉重的、该死的瞬间让我失语了。不是因为我想和温迪共度良宵，尽管这个念头曾经在我脑海中闪过。相反，我有责任确认那位谋杀未遂的受害者已顺利转入重症监护室，然后才能回去。然而，当黑尔菲尔德医院需要我时，我也确实应该回去。他们可以直接呼叫杰克逊先生吗？但那个时候医院里不是这么运作的。当温迪和一位手术室搬运工一起推着女孩通过双开门时，我能听到便携式监护仪发出的嘀嘀声。她看出了我的失望。

"温迪，恐怕我得走了，这里就交给你了。真的很抱歉。"

---

[1] 史蒂夫为作者的昵称。——编者注

是我自欺欺人还是她确实也很失望？那个周末，她的话始终在我脑海中萦绕。

"冰人，你很棒。有机会再来。我想听你讲在我家乡的奇遇故事。或许下次吧。"

也许是那通电话阻止了我出洋相。又一次。

当我驶入最近的加油站加油时，已经是傍晚6点半了。加满油，我又驰骋在了回伦敦的A40公路上，Kiss FM电台正在播放克里斯托弗·克罗斯的《如风般飞驰》，我的车速也越来越快。但这个违反交通规则的行为让我想起来，调查案件的警方说之后会对我进行询问。我一定是被温迪的事冲昏了头脑，而且现在已经太晚了，如果他们仍然想询问我，肯定知道去哪里找我。

当我回到黑尔菲尔德医院，乡村酒吧外已是人山人海，人们坐在路旁觥筹交错，欢快不已。其中不乏很多医护人员。但俗话说得好，"恶人永无宁日"[1]。当我从酒吧把那位叫我回来的住院医师拽回重症监护室时，他已经一品脱[2]啤酒下肚了。本来他们预计当晚还会有一位心脏移植病人术后要转到重症监护室，又是在人手不够的周末，因此对于接收这位紧急转入的病人，他们不是很高兴。

我对这位患者非常了解。他是位年过七旬的友善老人，吸了一辈子烟，在本周早些时候接受了食管癌手术，切除了部分食管。没有人知道他为什么会突发心搏骤停，但考虑到他有心绞痛病史，我怀疑他在手术期间就曾心脏病发作，只是没有被诊断出来而已。这可能导致

---

1 这句谚语出自《圣经》，本指邪恶之人将受到永恒的折磨，现也多引申为"劳碌命；永远忙个不停"之意。
2 1品脱（英）约为568毫升。

他下午突发心律失常。值班的急救团队为他实施了胸外按压和电击除颤。最新的胸部 X 光片显示他的左肺周围至少有一升积液,住院医师认为是血。但患者并不处于失血性休克,相反,他的脸色红润,四肢也不冰冷。但当我注意到心影后的气泡时,我心头一紧。

"你觉得这里是怎么回事?"我问那位住院医师。

"可能是我们做胸外按压时压断了几根肋骨,骨折处出血了。"

"我不这么认为,"我回应,"看到这里的气泡了吗。他之前的 X 光片上没有这些气泡。"我很清楚是怎么回事,但我觉得应该给这位年轻同事留点悬念,直到我放置胸腔引流管将积液排出。我试图给他一点提示。

"病人今天中午在病房里吃了什么?你平时总是在厨房找剩菜剩饭吃,对吧?"

"今天可没有。"他似乎有些生气了。

老人看起来非常不舒服,痛苦地呻吟着,手紧紧地捂住左胸口,是时候采取一些措施来缓解他的痛苦了。我让护士拿来宽口径胸腔引流管和局部麻醉剂。老实说,除了要用尖锐的穿刺针在距离脊髓几毫米的地方进行腰椎穿刺外,我能想到的最可怕的操作就是在肋骨之间、距离心脏仅几厘米的地方插胸管。操作必须谨慎,否则会给病人带来巨大痛苦。首先要在准备插管的部位注射大量局部麻醉剂,再用手术刀做一胸壁切口,之后就可以将带有尖锐金属导丝的引流管轻松置入胸腔了。

我看过太多的新手尝试这一操作,犹豫不决地做好切口,下胸管时却发现管子怎么也插不进去,费了很大力气却徒劳无功——管子直直地撑在了敏感的肋骨上。有一次,一位年轻同事用力过猛,引流管直接刺穿了心脏。当他拔出导丝时，鲜红的血液喷涌而出。还好，通过及时夹闭胸管和紧急开胸止血，病人的命保住了。此类失误还包括将管子插进肺里，或者是将其穿透横膈插进肝脏或肠道里。

这次没有发生这样的戏剧性场面，但我担心的事情还是发生了。胸管一插进去，胃内容物就涌进了管子里。那天中午，患者术后进食了第一顿固体食物。要么是那顿饭让他的食管吻合口破裂，要么就是之后的胸外按压导致的。涌入胸腔的胃酸不断灼烧着敏感的胸膜，让他痛苦不堪。但现在不是对他进行二次手术的时候。我们需要先将这些胃内容物充分引流，并通过静脉滴注给他补充水分，直到他状态好转。你问我是否认为他应该转回普通病房？毕竟重症监护室晚上还要接收一位心脏移植患者，人手不够。但我认为这是不合理的。为什么要为一位尚未抵达医院的患者而让现有患者承担更多风险呢？我据理力争，但知道会被否决。我应该邀请我的上司在晚上 9 点加入这场争论吗？完全没这个必要，而且他来了也不会改变什么。无论如何，移植手术都会雷打不动地进行下去，这就是现实。

至少有一件让我高兴的事。我的"花生米男孩"已经从麻醉中苏醒，咳嗽了一阵，正好把我之前放弃的花生碎屑咳出来了。傍晚早些时候，没了花生米困扰的他和心怀感激的父母一起高高兴兴地回家了。我呢，又饿又渴，但除非再回到村子里，住院医师酒吧里的啤酒和薯片就是我唯一的选择。也许其他外科住院医师在启程去取供体心脏之前也会待在那里。不去酒吧，我就只能在医院电视室里找一把古老的皮质扶手椅将就一下了，一屁股坐下去，座椅的金属弹簧又硬又扎。我敢肯定它是比尔亚德－利克留下的古董。但我的屁股也没痛很久。当酒吧的电话响起时，我希望是通知取心团队出发的电话，但不是。

尽管电话那头有些嘈杂，我还是听到他们是在找我。

我脑海中一下子浮现出了各种可怕的可能性，心情也随之一落千丈。也许是威科姆医院的患者出问题了，或者是那位食管破裂的患者回到普通病房后又发生了心搏骤停。无论如何，总机接线员在大晚上找我肯定不是什么好事。

夜班接线员弗兰克已经成为我的好朋友，在过去几个月里，他已经好几次同情地在夜里呼叫我出诊了。

"你好，弗兰克。今晚是坏消息还是更坏的消息？"

电话那头的他没有像往常那样和我开玩笑。

"史蒂夫，你肯定不想在周六晚上听到这个消息，但是巴尼特综合医院打来电话，他们想和你讨论一个病人的情况。"

我叹了口气，他很快察觉到了我的烦躁情绪。

"实在抱歉，我听说你今天已经过得很不容易了，但至少你没有参与移植手术。捐献者在诺丁汉，他们打算驱车前往。"

"这倒是，"我说，"把电话接进来吧，弗兰克，看看今晚在巴尼特发生了什么。"

"您好，先生，请问您是值班胸外科医生吗？不知道能否麻烦您帮助我。"

电话那头是一位经验丰富、说话很客气的骨科医生，刚刚在他们医院的急诊科评估了一位车祸伤患者。该患者是一名男性摩托车手，在A1双车道公路上高速骑行时与一辆铰接式货车相撞，造成严重多发伤。

到目前为止，他们的检查显示患者脊柱及骨盆骨折错位，同时由于头部受伤，患者处于半昏迷状态。听诊提示左侧呼吸音减弱，胸片显示肺周围有液体积聚，可能是血液。听到这里，我在心里嘀咕：就这？在胸腔中放一根引流管，看看会流出什么不就好了。我可不会为整个地区持续提供胸腔引流服务。

那位轻声细语的骨科医生终于说到了重点。

"从 X 光片来看，我最担心的问题是纵隔增宽。"

纵隔是位于左右两肺之间的胸部中央部分，包含了心脏及出入心脏的大血管、气管、食管、胸腺和淋巴结等重要解剖构造。对于交通事故患者而言，纵隔增宽是一个危险信号，因为它提示了胸主动脉损伤的可能。主动脉是人体内最大的动脉血管，发生交通事故时，车辆的突然减速可能导致主动脉血液产生水击应力，使主动脉在胸后侧承受应力最大的固定点处，即主动脉峡部发生撕裂。很多患者会因大出血而瞬间死亡，或者在抵达医院前死亡。少数患者因外伤导致血压急剧下降，纵隔血肿压迫裂口处暂时止住了出血，才有机会到达医院被进一步抢救——就像前文那位刀刺伤的女士那样。

鉴于脊柱骨折并伴有出血时也会表现出类似的 X 光影像，我问他："脊柱骨折在哪个位置？是胸椎吗？"不是。是腹部后方的一段腰椎骨折。当摩托车手撞上公路的中央隔离栏时，剧烈的冲击可能导致他的下段脊柱和骨盆碎裂。所以影像改变肯定是上纵隔增宽导致的。如果我们的判断都是对的，那么这个年轻人需要立即接受手术，修复破裂的主动脉，越快越好。我放下了手中的啤酒，问了最后一个问题。

"他现在的血压是多少？"

"输了几升葡萄糖盐水后，血压目前在 100/60 毫米汞柱左右。我们正在等待 O 型血。"

"请不要让他的血压再升高了，否则他的血肿会破裂大出血。我现在就出发。你能让手术室准备好全套开胸手术器械吗？"我真心希望他们那里有我需要的设备。对于一位疲惫的规培医生来说，这将是一次风险很高的手术。

我猜他们医院可能没有的一个重要工具是一种专用于心脏手术的血管钳。虽然我从未独立修复过破裂的主动脉，但凡事总得有第一次。所以在出发前，我特地经过手术室拿上了所需器械。手术室里，大家正忙着为当晚的移植做准备，供体心脏预计将于凌晨抵达医院。我是否更愿意将那位主动脉破裂患者转到黑尔菲尔德医院，与我熟悉的护士和麻醉师一起为他做手术？当然了，但这是不可能的。不管怎样，他的骨折也需要仔细处理。巴尼特综合医院是玛丽·谢泼德独自掌管的遥远"前哨基地"之一，我从来没去过。准备在黑夜出发时，我才突然意识到，我甚至不知道巴尼特在哪，更别提那家医院了。那个年代连手机都没有，当然也没有卫星导航。我只好不情不愿地在村子里的一盏路灯下停车，打开一张北伦敦的地图研究起来。看样子我应该先前往沃特福德，走 A41 公路，再跟着指示牌走。

那位患者的胸片和教科书上的如出一辙。上纵隔增宽显而易见，左侧胸腔可见少量出血。对于这类主动脉破裂患者而言，尽管已大量失血，他们的血压却往往居高不下，这是因为组织中的血块使主动脉弓血管壁的压力感受器调节反应失常，无法触发降压反射，反而使外周血管阻力升高，促使血压回升。结果就是血压飙升，撕裂的主动脉完全破裂，造成致命大出血。小伙子现在的血压是多少？150/90 毫米汞柱？真是一团糟。

骨科医生伊斯梅尔已经联系了值班顾问麻醉师和手术团队做好准备，但鉴于还有两台阑尾切除手术、一台绞窄性疝手术和一台臀部脓肿手术在等待他们,他们不想浪费时间。

"让我们把他抬上手术台去,让他入睡,"我说道,"麻醉剂会降低他的血压。之后我需要他处于左侧卧位。脊柱骨折的稳定性如何?"

脊柱不稳定性骨折总是令人担忧,理想情况下应该优先处理。翻身摆体位可能会使骨折碎片错位,导致神经压迫和损伤。我有充分的理由考虑这一点。说实话,是出于自私的原因。在修复撕裂的主动脉之前,我需要先钳夹主动脉,暂时阻断包括脊髓在内的整个下半身的血流供应。因此,主动脉修复是一场与时间的赛跑,一旦钳夹时间超过 30 分钟,患者就有可能因脊髓缺血发生截瘫。或者他可能已经因为脊柱骨折截瘫了,如果是这样的话,我不想为此负责。

"你知道他是否动过腿吗?"我问伊斯梅尔。

"不知道。"他回答说,"患者自从进来就没有真正清醒或配合过。其左太阳穴上有一块淤血,又硬又肿,应该是撞到了头,但我上次检查的时候,他的双侧瞳孔是等大的,对光也有反应。"

换句话说,我们对其他部位的情况一无所知。在没有 CT 扫描或 MRI 扫描的 1980 年,基于临床经验的判断至关重要。彼时,年轻的我们也是靠一次次承担责任,勇敢地站上手术台,才积累起经验的。犹记得我旁观的那场创伤性主动脉破裂修复术,主刀是谢泼德女士,当时的场面触目惊心,简直是一场血淋淋的灾难。在主动脉上动手术的她显然也有些束手无策,最终没能控制住大出血,患者死在了手术台上。但现在轮到我了。

外科有句老话:"去看,去做,去教。"但如今,这种学徒制的教学法已经过时了。为什么?因为在外科医生的手术死亡率会被媒体公之于众的当下,医生不会允许自己的学生参与任何可能有损他们声誉的手术。如今，没有规培医生会独立做主动脉破裂修复术。因此，当他们成为主任医师，要独立负责自己的第一位主动脉破裂患者时，也将处于我当时那种境地。几周前目睹的患者在手术台上失血而死的情景还历历在目，现在我却要独挑大梁，在这个周六晚上，与一个无心工作的团队，在一个陌生环境中自行处理这个可怕的难题。就像在威科姆医院一样，他们中没有一个人见过我。好消息是，热心的伊斯梅尔主动提出可以做我的第一助手，他的住院医师会负责握住吸引器，以防随时可能发生的意外令血液喷溅到手术灯上。

我害怕救不回患者，让几周前的悲剧再一次上演吗？一点也不。这种情况可能发生，但那不是我所期望的。我已经迫不及待地想告诉我的同事，我成功完成了一例创伤性主动脉破裂修复术。从专业角度来说，我不知恐惧为何物。这正常吗？绝对不正常。毕竟像我这样因头部创伤而变得无所畏惧的外科医生是少数。

我们动作轻缓地将患者摆放为右侧卧位，左臂抬起置于头部上方，这样我就可以在第四肋和第五肋之间打开胸腔。我需要直接从主动脉破口的正上方进入，这比从下方进入更容易操作。同时，我们还要尽可能小心，以免患者的脊柱和骨盆骨折发生移位。当我们为这个破碎的躯体消毒、铺巾时，麻醉师一直盯着他太阳穴处的那块淤血。我再次询问患者的双侧瞳孔是否等大。由于输液管和铺巾遮挡视线的关系，我无法直接确认这一点，而他认为是等大的。

这是我那天做的第二台大手术，这次是从前侧胸骨到后侧脊柱的一道长切口。患者身材苗条且肌肉发达，当电刀划开肌肉时，手术台烟雾缭绕。

"能不能调低一点？"我喊道，"我们不是在选教皇。"

一打开胸腔，喷涌而出的血液就溅到了我的手术衣上，又顺着手术衣流到了地板上。我预料到了这种情况，小心地扩大了肋间的切口。我用从黑尔菲尔德医院带来的金属牵开器撑开胸腔，使术野充分暴露。紧接着，一个熟悉的声音响起，一根肋骨在压力下折断了。不过这不是问题。平常做开胸手术时，我通常都会切断切口后方的一根肋骨，但巴尼特医院没有肋骨切割器。

伊斯梅尔站在患者面前，把粉红色海绵般的肺拉向自己那侧，下方一片黑色血块显露出来。这些血块在壁胸膜下蔓延开来，触目惊心。但正是它们救了这个年轻人的命，这和上午那位心脏刀刺伤患者的情况十分类似。大自然赋予了人体天然的止血机制，但往往在外科医生有机会介入之前，患者就会因为盲目的血压纠正发生致命性大出血。当"就地抢救"凌驾于"拉起就跑"[1]的急救原则时，严重血管损伤患者能够活着到达手术室的机会就会减少。在之后的职业生涯里，我注定要为解决这一问题不懈努力。

修复破裂主动脉的关键在于先不要扰动破口处的血凝块，而是找到破口远端和近端能够安全夹闭的正常主动脉段及其分支。找到这些分支血管，并将其与气管和食管解剖分离十分考验技术，因为这些结构周围有重要的神经和血管，一旦损伤，后果不堪设想。当我清除破口处附近的血块时，伊斯梅尔已经坐立不安了。当我摸到主动脉壁时，我用手指轻轻地从下方将其托起，再用一根亚麻带将其与周边组织分隔开，这样我就控制住了主动脉，必要时可进行夹闭。但首先我还要

---

[1] "拉起就跑"（scoop and run）急救原则主张对一些无法判断、无法采取措施或即使采取措施也无济于事的危重伤病，应该尽快将病人送到有条件治疗的医院，避免在现场做无用的抢救。

控制住破口的远端,即胸主动脉发出肋间和脊柱分支动脉的地方。其间如果稍有不慎或运气不好的话,很容易损伤分支血管,进一步加重出血。

保持专注让我忘记疲劳,至少大多数时候是这样的。现在是巴尼特的午夜时分,酒吧都已经打烊了。当普通人正准备上床睡觉时,我在思考:要用多大尺寸的人工血管替换这根破裂的主动脉?在我夹闭它并开始与时间赛跑之前,一切都必须准备就绪。

我的计划很简单。用两把血管钳钳夹破裂主动脉的两端,暴露并切除受损部分,以涤纶人工血管替换。理论上很简单,但操作起来就没那么容易了。正常成人静息状态下,主动脉每分钟要将5升血液输送到全身。所以缝合必须紧密,而且一定要严格控制好时间,否则患者将面临腰部以下瘫痪和大小便失禁的风险。我有点担心脊柱损伤可能已经使他瘫痪了。

手握器械,我脑海中浮现出"各就各位,预备,跑!"的口令。小心地夹住主动脉裂口的上端和下端——2分钟,清除破口处的血块——2分钟,检查破口及周围的动脉——2分钟。时间就这样一分一秒地过去,患者的脊髓还苦苦地等待着我恢复它的血供。我切除了5厘米的破损主动脉,取了同样长度的涤纶人工血管来替换。血管吻合需要时间和专注。每一处处理至少需要5~10分钟,所以绝对不能出错。如果是在专业心脏中心做这样的手术,人工心肺机可以在停循环时冷却和保护神经系统,为医生争取更多时间。但巴尼特综合医院没有这样的条件,我只能背水一战。

当我打好最后一个结,处理好人工血管,整个过程花了27分钟。对于第一次尝试这一手术的新手来说,这个速度相当不错。我松开主动脉阻断钳，下半身的循环恢复正常，重要器官也重新得到灌注。缝合处有少量渗血，还有一些小的喷血点需要补针，但不需要再夹闭主动脉了。伊斯梅尔松了一口气。住院医师出去上了趟洗手间，我怀疑他在我们开始之前喝了几杯啤酒。

我扬扬自得地插好两根胸腔引流管，开始了乏味的缝合过程。当我闭合好胸骨并缝合好第一层肌肉后，伊斯梅尔放下资历，主动提出帮忙收尾。坦率地说，我已筋疲力尽，便没有推脱，欣然接受了。那时已经是凌晨1点50分，一位活泼的助理护士给我端来了一杯咖啡。"你值得。"她笑着说，对此，我也不打算争辩。这一天如此漫长，在黑尔菲尔德医院的手术室里寻找花生米感觉是很久以前的事了。

我们一起小心翼翼地将患者调整至仰卧位，我请那位负责的麻醉师再次检查他的瞳孔。他照做了，停顿了一下，又找来一盏更亮的灯再次观察。这个停顿说明了一切。他的右侧瞳孔，即头部大块淤血的对侧，散大且对光反应消失。瞳孔散大意味着受伤部位下方的脑组织受到了压迫。即使我不是脑外科医生，我也知道这意味着什么。这是我们在医学院学过的一种常见的颅脑创伤继发性病变。颅内的出血正在压迫脑组织和视神经，随着出血不断增多，颅内压不断升高，压迫到脑组织下部控制呼吸、心率的脑干，患者就会死亡。

回顾这个晚上的一切，便不难发现这是典型的脑出血，或我们称之为硬膜下血肿的表现。救护车在路边接到他时，他已经失去了意识。然后他清醒了一阵子，能够描述发生了什么。但当伊斯梅尔和他的团队在急诊科看到他时，他又陷入了昏昏欲睡的状态，一身酒气，还伴有呕吐。当他们让他动一动腿时，他没有任何反应。胸片情况更是不容乐观，他们将注意力都集中到了他的主动脉上，而忽视了头颅X光检查。所以他的那块淤血下方很可能有一处骨折。

我们有哪些选择呢？绝望地说"我们尽力了"？但这样就会前功尽弃。或者从地区神经外科中心调一位神经外科医生？他们只会说"转运吧"，但来不及了，现在是凌晨2点半，他的情况正在迅速恶化。这让我陷入了难题——我应该自己动手吗？我告诉伊斯梅尔："钻孔引流术已经是军医们做了几百年的常规手术了，这有什么难的？"

我问手术室的护士们能不能找到电钻和钻头。我默默祈祷患者得的是硬膜外血肿——血液积聚在损伤的颅骨与硬脑膜之间，而不是在脑内。没有现代成像技术，寻找出血点的过程就像钻探石油一样充满不确定性。我也很清楚，脑肿胀和脑内出血比硬膜外血肿更为常见。然而，硬膜外血肿是我们目前唯一能够处理的情况，如果我们不立即干预，他必死无疑，所以我对此毫不犹豫。

我们又调整了患者的体位，将他头部有淤血的那侧朝上，并让护士剃掉了他蓬乱的头发。果然，下方有一处明显的撕裂伤。我将伤口打开，暴露出颅骨，欣喜地发现伤口下方有一处骨折，看起来更像是碎裂的蛋壳，而不是粉碎的骨头，但这足以证明撞击的严重程度。这时，护士找来了一套二战时期的脑外科手术器械，整齐地摆放在了我身旁的蓝色布单上。我曾在英国皇家外科医师学会的亨特博物馆见过类似的东西，但我还是花了些时间才弄清楚眼前的这些工具到底是什么。

首先，我们将一个箭头形钻孔器连接到钻头上，然后开始移除骨瓣。我先在颅骨上钻了一个圆锥形的孔，深度刚好穿透颅骨。还没有出血。下一步是用一把钝头玫瑰形铣刀沿骨瓣边缘切开。这一操作会导致颅骨边缘渗血，但恭喜巴尼特综合医院，这堆手术器械里竟然有用来止血的骨蜡。到目前为止，我盼望的硬膜外血肿还不见踪影。最后一步是用尖锐的手术刀切开颅骨和脑组织之间的硬脑膜。依旧一无所获。

伊斯梅尔对此并不太失望。他每天都在和创伤打交道，完全理解有时需要在不同部位多尝试几次，才能找到致命的血块。我在第一个孔后方几厘米的位置又尝试了一次，钻孔，铣骨瓣，切开硬脑膜，还是以失败告终。我感觉自己就像个恼人的血块。然而，此刻患者的心率还在不断下降，血压在不输血的情况下依旧在不断上升，种种迹象表明我们必须继续下去。如果这都是脑肿胀导致的，他必死无疑。但如果我们能找到骨折下的出血点，他就还有一线生机。

我又拿起了骨钻，这次我选择在他耳朵上方更靠前的位置钻孔。还是同样的操作，钻孔，铣骨瓣，但我不需要手术刀了。我刚打开骨瓣，血就喷涌而出，溅到了我的鞋子上。如果这发生在主动脉修复手术中，我真的会非常生气。但此刻，看着血从颅骨内汩汩涌出，淌到我身上，我欣喜不已。一旁的伊斯梅尔和住院医师也不由得欢呼起来，凌晨的手术室洋溢着欢乐，让人仿佛置身橄榄球赛场。幸运的是，出血很快减缓，仅过了一分多钟就完全止住了。患者的血压和心率也恢复正常了。这场比赛中，韦斯塔比拿下2分，死神0分，至少在那时是如此。

我的"巴尼特老板"再次让我下来休息，让他的团队完成收尾。这一次，那位热心肠的护士不仅端来了一杯咖啡，还带了块巧克力饼干，让我一边写手术记录一边享用。和国家医疗服务体系内的大多数医院的员工休息室一样,这里只有几把旧椅子、长条灯和破烂的绿窗帘,沉闷而乏味。信息很明确:即使在深夜,我们也不希望你们坐在这里放松,下一个病人还等着你们呢。这一次,我希望我的一天结束了。在肾上腺素的刺激下,保持高度专注,与死神博弈16个小时,身体终会付出代价。这就是为什么在路上奔波的是我,而不是杰克逊先生或谢泼德女士——创伤是年轻人的运动。

猜疑的心

> 我们最大的弱点是轻言放弃,成功的必由之路是永远再试一次。
>
> ——托马斯·爱迪生

我曾有一个情人。或者至少我以为我有。手术是我生活的全部,手术让我忽略了生活,也忽视了她,但她并不应该受到这样的对待。不用说,我们是在医院里相遇的。她是剑桥阿登布鲁克医院急诊科的萨拉·麦克杜格尔护士,而我是急诊科的常客,不是在那儿大显身手抢救病人,就是在周六晚上带着橄榄球场上受的伤去那里报到。萨拉是一个自由的灵魂,她在肯尼亚纳库鲁湖畔长大,然后在伦敦西区的米德尔塞克斯医院学护理。成长背景与我截然不同。她的父亲是一位"精英",不列颠空战时的喷火式战斗机飞行员。听萨拉说起我后,他严厉地告诫她远离放荡不羁的"医院罗密欧"。但她依然为我清洗伤口、缝合头皮,还为下颌骨骨折的我注射抗生素。

我们是并肩作战的同事,一起抢救生命、缓解病痛。我们因共同的使命走到了一起,这是医生和护士之间才会有的特殊纽带,是其他任何职业无法相比的。我之于她就像铁屑之于磁铁,但我并不是她的唯一。

众所周知，她美得令人惊叹。她身高约175厘米，身材苗条，有一头乌黑的秀发和天使般的容颜。我轻率的行为，不仅让我自己的婚姻走向终点，也破坏了她现有的关系。之后，当我选择拉着一只行李箱离开剑桥，前往伦敦的时候，萨拉选择跟随我。我搅乱了她的生活。

如今，在皇家自由医院的急诊科，她以"美女护士"而闻名，因护理技能过硬、容貌姣好、富有同情心而广受赞赏。但就像我一样，每天晚上下班后，她只能独自回到单人宿舍，或者更准确地说——"牢房"。黑尔菲尔德离汉普斯特德有数英里，离香港就更远了。她也很清楚，明年我将只身前往美国培训。

萨拉知道她无法放弃工作和我一起走。我们有未来吗？我当然希望有，但我的野心无情吞噬了我的个人生活，让一切变得困难重重。那个周六的夜晚，带着一身疲惫，独自坐在昏暗的医生休息室里，我又想起了她。萨拉一定知道我那天做了多么了不起的事情。她曾照顾过脑外伤、主动脉破裂和心脏刀刺伤的患者，其中许多人都没能活下来。就像学生时代在板球比赛中打出了人生第一个六分球一样，我想与她分享我这特别的一天。我不知道我为什么会如此对待她这样一位公认的美人。身为教学医院护士的她，被一群A型人格[1]男性包围着。医生、医学生、护理人员，乃至许多患者都为她倾倒。在剑桥的时候，我就已经目睹过这一切，但说来惭愧，我还没有去皇家自由医院看过她。

---

[1] 美国心理学者迈耶·弗里德曼提出的概念，A型人格者指雄心勃勃、内驱力强、热衷竞争和工作，但缺乏耐心、易于紧张的一类人。——编者注

那时候，我们都非常忙碌，见面次数并不多。我已经好几个星期没见到她了。她还是一如既往地活力四射、神采奕奕，因为她回到了她熟悉的伦敦。我喜欢听她讲述在一线工作的故事，还有陪患者走完最后一程的故事。无论患者是流浪汉、政客还是瘾君子，她都一视同仁，以善良和尊重给予悉心照料。上个星期，她抢救了一名凶残谋杀案的受害者。那患者被人近距离用枪射中了头部，生还希望渺茫。但她依然鼓励抢救团队不要放弃。奇迹终究没有发生，其他人停止抢救后便离开了，留下萨拉一人给他最后的体面。

没想到第二天，这个案件成为伦敦的头条新闻，萨拉也终于有了可以反驳我一直以来的自负言论的论据。由于受害者死亡，案件转为谋杀案，警察将急诊科团团包围，都想要问她话——谁不想呢？她承认自己对负责调查的警察颇有好感，还拿这事调侃我。自那以后，我就再也没听到她的消息。我一直没把这话当回事，直到今天，在这个夜深人静的时刻，我又想起了这番话，但觉得一点也不好笑了。

坐在这个昏暗的休息室里，我突然意识到，现在是深夜时分，路上几乎没什么车，从巴尼特到汉普斯特德只需15分钟。根据她之前分享给我的排班表，她这个周末是晚班，而且凌晨4点的急诊科应该也比较平静。我渴望见到她，想着要不要打给她，给她一个惊喜。考虑到我此刻的心情，或许我可以约她出来。但另一方面，周六晚上的急诊科总少不了酒精中毒者和瘾君子，让医生和护士忙得不可开交。如果是这样，我可能会白跑一趟，在原本应该回到黑尔菲尔德的时候迷失在伦敦街头。所以我决定先打一通电话。我在休息室拨出的电话要先转接到巴尼特医院总机，再由总机转到皇家自由医院，之后请他们帮我转到急诊科。

接电话的是一位女士。

"早上好,请问我能和值班护士通话吗?"我说。

"好的,但她现在很忙。我看看能不能找到她。"说罢,她便放下了话筒,我听到电话那头传来持续的喧嚣,他们似乎非常忙碌,我为动身前打了这通电话感到庆幸。我迫不及待地想再次听到她的声音,激动得都冒汗了。我想象她穿着那套硬挺的蓝色制服,配着银色腰带扣,一头卷曲黑发上戴着白色护士帽,湛蓝的眼睛炯炯有神,修长的双腿裹着丝袜。身着泳装的世界小姐都不能与她相比。

之后,一个意想不到的转折出现了。

"我是詹金斯护士,有什么可以帮您的吗?"

她是萨拉的朋友,我们见过几次面。考虑到夜班通常只有一名护士,我感觉情况不妙。停顿片刻后,我回答道:"你好珍妮,我是斯蒂芬·韦斯塔比,没想到会是你,萨拉告诉我,她这个周末要值夜班。"忙得不可开交的珍妮想都没想就回答了我。

"不,她上周和我换班了。她说今晚要出去,我以为她和你在一起。抱歉,我得回去给我的患者缝合伤口了,他头上满是玻璃碴。"

"好吧,"我沮丧地回答道,"帮个忙,不要和萨拉说我在半夜打过电话,好吗?再见。"

漫长的一天变得更糟了,我整个人仿佛泄了气的皮球。这时,伊斯梅尔慢悠悠地走了进来,笑容满面。

"缝合结束了,扩大的瞳孔也恢复了,双侧瞳孔几乎等大了。"

此刻,赞扬似乎变得无关紧要。内心的沮丧让我疲惫不堪,与手术成功的喜悦相比,对任性情人的不信任突然占了上风。

或许你认为挽救一条生命是件了不起的事,但我却不断搞砸自己的生活。我仿佛能看见我的情人此时正与他人酣睡在梦乡。如果是这样的话,不太可能是在护士宿舍,毕竟床太小了,我确信萨拉会有更好的选择。所以现在去她的宿舍毫无意义。况且这对萨拉也不公平。她应该过上比和我在一起时更好的生活。

"看来这漫长的一天把你累坏了。"我的新朋友低声说。

"是的,"我回答道,"引流管里有没有血?"

"没有,一切都好。他现在稳定下来了。"

我们讨论了是否该为他修复骨折。我认为不应该继续手术。患者已经接受了四个小时的头部和胸部手术,其间他的体温下降了。目前让他在重症监护室里接受密切监护,用加温毯为他恢复体温,让生命体征进一步稳定,比修复骨折更重要。伊斯梅尔同意我的看法。我们将停止麻醉,把他转移到病床上。大脑的情况永远无法确定。尽管我们已经完成了手术减压,但脑部功能的恢复仍是未知数。除非他能醒来并表现出生存迹象,否则进一步的骨科手术毫无意义。

皇家自由医院去不成了,我需要跟黑尔菲尔德医院那边通个电话,汇报一下这周末的情况。不然他们可能以为我正在伦敦西区的某个夜店里呢。然而,我很快就后悔打电话了。我的接线员朋友一直在等着给我传达一条消息。中央米德尔塞克斯医院的重症监护室有位生命体征不稳定的患者,他们希望尽快将该患者转移到我们医院。这是目前我们掌握的所有信息。尽管已经是凌晨 4 点 30 分,我还是要求将电话转接给我的下级医师——值班的初级医生。在那个年代,当值医生必须留在医院,或至少在医师酒吧里。他没有应答,最终是一位护士在手术室给我回了电话。移植手术并不顺利,他被叫去帮忙了,这会儿还在手术台上。于是,我请求转接到重症监护室,并礼貌地向接电话的护士作了说明。

"嗨，我是史蒂夫。外院来电问我们是否可以接收一位患者，那位患者可能要在今早做手术。"其实，现在已经是早上了。我没机会说更多，她也没问我患者情况。如果她问起来，我只能承认我一无所知。"不可能，"她的回复很干脆，"你的初级医生想让我们重新接收杰克逊先生的病人。显然，他在病房里情况恶化了，但我们没床位了。抱歉。"至少她表现出了同情，我不应该对她发火。

现在我不知所措。我要作出权衡，我真的觉得我无法再为黑尔菲尔德医院那位胃酸渗漏入胸腔的患者做什么了。无论是我还是杰克逊先生，都无法再把他推进手术室做二次手术，即使那是正确的做法。即便做了手术，重症监护室也没有他的床位。胸腔引流管是他最好的机会，但需要检查一下它们是否被他胃里的食物残渣堵塞了。我给我的初级医生留了言，让他下手术台后去看一眼。如果他没看到消息，我会请一位重症监护室护士在休息时抽空去趟病房。现在我必须了解一下中央米德尔塞克斯医院那位病人的情况了。

通常在这种时候，分泌旺盛的肾上腺素和睾酮会使我保持兴奋，但没能联系上萨拉的失落感冲淡了我的热情。我开始感到疲惫。更糟糕的是，活跃的想象力让我感到心烦意乱。萨拉的魅力有目共睹，而我那外科医生的自负总让我把她的陪伴视为理所当然。在香港时我就有过这样的担忧。之后我们再也没有见过对方，我还傻傻地期待她在结束高压下的繁重工作后就蛰伏在宿舍，直到我再次出现。

几次尝试失败后，我终于接通了中央米德尔塞克斯医院的总机。但此时我有些急躁了。"我是黑尔菲尔德的胸外科医生，听说你们一直在找我。"电话那头的回应礼貌而言简意赅："您好，现在为您转接到重症监护室。"友好的态度让我至少放松了几秒。紧接着,我得到的答复是:"重症监护室,抱歉我们现在很忙,您能稍等一分钟吗?"我所有的沮丧、疲惫和不满瞬间爆发出来了:"不,我他妈不能等。我是黑尔菲尔德医院的胸外科住院医师,你们到底需不需要我?"

我立刻后悔说了粗话。毋庸置疑,他们都为我那位素未谋面的患者忙得焦头烂额。那边的护士显然被我吓到了,不停地道歉,嘟囔道:"对不起,我这就去找医生。"接电话的是一位叫菲尔的年轻外科规培医生,我在哈默史密斯医院做住院医师时就认识这位盖伊医学院的优秀毕业生。我相信他的判断,所以至少这是个好开始。在电话里听到熟悉声音的他似乎也感到些宽慰。

"史蒂夫,我一直在找你。黑尔菲尔德医院告诉我今天是你值班,我需要你的帮助。"我的第一反应是问他的主任医师去哪里了,但我克制住了。答案不言自明。那个年代,一位专科医生通常要负责两家医院,他显然在另一家医院忙得脱不开身。创伤鲜少是救治优先项。

菲尔的患者凌晨在伦敦北环路上遭遇车祸。被发现时,他正躺在自己汽车的引擎盖上呻吟。碰撞造成的冲击力将他从前挡风玻璃甩出了车外。1980 年还没有强制要求驾驶员系安全带的法规。我们非常熟悉交通事故中未系安全带的驾驶员的损伤模式。他们的胸腹部往往会撞上方向盘,脸或额头撞在仪表盘上。头部损伤合并胸腹部损伤的情况十分常见,但大多数医院只有普外科医生,只能做他们最擅长的事情——开腹探查。我别无选择,只能驱车沿 A1 公路穿越北伦敦去看一看。再见,巴尼特,我要奔赴下一个战场了。

经历了数小时消毒水与电刀烟雾的洗礼后,黎明前的新鲜空气让我如释重负。即使打开车窗,我鼻子里那股骨头烧焦的气味还是挥之不去。当我沿着北环路向西驶向温布利时，太阳从我身后的地平线升起，将长长的影子投在路灯上。星期天早晨的缘故，路上的车寥寥无几，只有几辆载着醉醺醺的聚会者回家的出租车。麦克杜格尔护士会在其中吗？完全有可能。紧接着，著名的温布利球场映入了眼帘，我看到远处有蓝色闪光灯，还有消防员正在清理路上的残骸。这就是发生事故的地方，车辆残骸仍在原地。汽车损毁严重，我不禁怀疑有人死亡。

出于好奇，我减速驶了过去，果然看到了那辆挡风玻璃碎裂、引擎盖上有血迹的车。几小时前，这里曾是一派忙碌景象，救护车前来救援，警察封锁了现场。从第二辆车的损毁情况来看，消防队一定也参与了救援，将乘客从车中解救出来。那个时代，抢救车祸伤员的明确目标是尽快将伤者救出并转移到最近的急诊科，而不考虑收治医院是否具备相应的救治能力。尽管快速转运有很多好处，但拯救重伤患者需要技巧和专业知识。患者能否生存和俄罗斯轮盘赌别无二致。有的患者能够幸存，但更多患者并没有这样的好运。然而不管怎样，这都是英国国家医疗服务体系的一部分，廉价但并不尽如人意。

医院就在附近了，紧邻阿克顿皇家公园啤酒厂，我已经能闻到啤酒的味道了。它几乎就在我轮转的两家医院——著名的哈默史密斯医院和皇家医学研究生院的旁边。不过，它们主要做心脏手术，根本不屑于为周边医院提供胸部创伤流动诊疗服务。

在前往重症监护室与菲尔会面的路上，我经过了急诊科。出于好奇，我问年轻的急诊科医生："北环路的车祸中有人死亡吗？"

"你怎么知道？"他回答道，"有两名死者，都是重型颅脑损伤。一对不幸的老夫妇在结婚纪念日当天被酒驾司机撞倒，那司机现在应该在楼上的重症监护室里。你就是他们找的那位黑尔菲尔德医院的外科医生吗？"我相信他已经有答案了，因为我身上还穿着周六早上那件手术衣。以防被盗，上面还绣着"黑尔菲尔德医院所有"的字样，但现在应该没人会想要我身上这件衣服了。

漫步穿过死气沉沉的走廊时，我开始反思，我来这里帮助的人，刚刚残害了两个无辜的生命，还是在对他们而言如此特别的日子里。作为医生，反思是必要的，但我需要迅速将自己的情感放在一边。我不应该去评判，我就是来做我该做的——治病救人，会有人追究他的责任的。然后我突然意识到，我甚至不知道我当天救治的那两个患者叫什么。我只是做了我该做的事情，为他们手术，再救治下一个患者。该例病例也将是如此。

我需要按一下门铃才能进入重症监护室。为什么呢？因为在那个年代的伦敦，外人溜进来窃取药物是常有的事。一位身穿整洁制服、性格爽朗的西印度群岛女人打开了门，上上下下地打量着我，好像我刚从石头底下爬出来一样。我猜我现在看起来顶多就像个不修边幅的护工，而且他们也确实准备要将那位患者推回手术室。所以她脱口而出："你得等一会儿，他现在状态太不稳定了，不适合转运。"

我以冷静的口吻回答："这就是你们大半夜把我从黑尔菲尔德医院拉到这里的原因。我不是来玩的。"

这让那位可怜的女人感到尴尬，但事实证明，已经没有时间留给我去客套了。

在这个时间，一大群人还围在患者的床旁忙得不可开交，说明情况不妙。菲尔看到我站在门口，松了一口气，示意我进来。监护仪上的数据已经很说明问题了。血压 60/40 毫米汞柱，心率 130 次 / 分，都是重度休克的表现。然而奇怪的是，这样一位持续失血的患者，主要静脉的压力却很高。鉴于他没有胸部穿透伤，这不太可能是心脏压塞导致的。

菲尔说："很抱歉让你在这个时候过来，但你也看到了，我们正在失去他，而我不确定原因是什么。"

我是个胸外科医生，所以我的第一反应是："能给我看看他的胸部 X 光片吗？"

我们把它放在了病房尽头的灯箱上。这张黑白图片总是能告诉我一切——至少对我来说是这样。我一边有条不紊地分析图像，一边问我焦虑的朋友为什么决定开腹，以及有何具体发现。

菲尔解释说，患者当时显然已处于休克状态，并表明上腹部疼痛。由于患者下胸部撞击方向盘的地方有瘀伤和擦伤，他担心肝脏或脾脏破裂，于是做了开腹探查。这确实是一种直接且合理的方法。他们已经为患者输了几升液和四个单位的全血，但似乎无济于事，血压依旧没有回升。虽然插了导尿管，他的肾脏并没有产生尿液。

尽管打开腹部时有鲜血流出，但这样的出血量不足以解释他持续的休克状态。从中线切口来看，他的脾脏和肝脏似乎完好无损，所以菲尔关了腹，希望情况可以好转。

在过去，这是创伤患者救治的一大问题，而且至今仍然是。全科医生只会做专业范围内的事情，对没有受过训练的领域一无所知。对菲尔而言，横膈膜以上的部分都是陌生的领域。但心胸外科医生则不同，在开始心胸外科专科培训之前，我们必须完成多年的普外科培训。这段经验对患者来说是无价的。在剑桥跟随卡恩教授学习期间，我积累了肝移植和处理肝损伤的经验。直觉告诉我，这位患者的情况没那么简单。

那张胸部 X 光片提示了三个重要问题。第一，患者右侧胸腔内有积血，而且至少有 1 升。第二，该侧膈肌位置比正常情况要高，我想我已经知道原因了。最让我担忧的是第三点，患者左侧胸腔的心影轮廓异常，尖端明显向上倾斜。我在黑尔菲尔德医院处理过许多胸部创伤，所以我很清楚发生了什么。这解释了为什么患者的动脉血压明明很低，主要静脉的压力却升高了。这不仅仅是过度补液造成的，尽管通常情况下是这样。

当我们还在远处讨论 X 光片时，麻醉师火急火燎地把我们叫了回去。

"他快不行了！"

她说得没错。患者的血压下降到了 50 毫米汞柱，她正在挤压血袋，希望能尽快增加循环血容量。但这并没有奏效，我便要求她暂停一会儿。

我问病房的主管护士："你们有紧急开胸套件吗？"

"有的，我们有一些器械。但你不会是要在这里动手术吧？"

我的回答有点刻薄，但此刻的我疲倦而易怒。"这是你的选择。是停止抢救，让他离开？那我就走人了。如果想让我再尽力试一试，就赶紧拿来那该死的器械和手术衣。"

那可怜的护士吓得脸都白了，开始按我的要求做。如果对方是女性，我也会这样冲动吗？难说。但我的话起了作用。现在没有时间把一个完全不熟悉胸部手术的团队叫回医院准备手术。事实上，甚至没有时间将患者推到走廊那头的手术室。

"他心搏骤停了！"麻醉师慌乱地尖叫着。

在每一家医院，心搏骤停的抢救都是按既定程序进行的。一位初级医生双手交叉置于患者胸骨上，有节奏地垂直向下按压，以代替心脏的自然收缩。与此同时，麻醉师通过气管插管为患者通气。这一屡试不爽的抢救方法发挥作用的前提是，患者的心脏能在按压期间被动恢复灌注，但这位患者的情况并非如此。更重要的是，其心脏节律甚至没有改变。低血压导致心肌缺氧，但尚未发生房颤，还没有达到需要电除颤的程度，即我们在电视上经常看到的除颤器放电，然后患者因后背的竖脊肌痉挛从床上弹起。我让他们停止了按压，因为这毫无意义。他们应该静脉推注一支肾上腺素。

效果立竿见影，患者的心率和血压上来了，为我们争取到了宝贵的时间。我没有费时间消毒，而是直接套上了无菌手术衣，戴上了手套，并告诉菲尔也这么做。

"我们要做什么？"他困惑地问。

我简单回应："你马上就知道了。帮我一下，好吗？"

我需要让犹豫的麻醉师了解我的意图。她也是一名规培医生。越来越明显的是，她对这种情况完全无能为力，几乎要吓得尿裤子了。

"你的上级医师呢？"我问道。

"病人到了后，我立即给他打了电话。他只是说'加油，尽力而为'，在周末总是这样。但你只要告诉我你想要什么，我会照做的。"

正在尽力帮忙的主管护士问我是否要将患者变成侧卧位，他期待着我打开胸腔。但侧向哪边呢？我心里大概有数了，只是还没跟他们解释具体的策略。在那个没有扫描仪的年代，创伤手术的关键是根据患者的病史和X光片预测伤情。完全是侦探般的工作。专业说法是"临床判断"，但经验比什么都重要。医学院毕业后，我在纽约哈勒姆一

猜疑的心　057

家医院的急诊室度过了无数日夜,这成为我从医路的好起点。

在来中央米德尔塞克斯医院的路上,我亲眼看见了事故现场,因此大概清楚这个人经历了什么。这是一次高速碰撞,两辆车均损毁严重,而他没有系安全带。他的胸部和上腹部应该重重地撞在了方向盘上,皮肤上的瘀伤表明了这一点。此外,还有一种肉眼看不见的损伤。撞击使腹腔压力急剧增加,腹部器官向上移位,导致肝破裂与膈肌破裂。部分或全部肝脏疝入右侧胸腔并伴有出血,在肺周围积聚。菲尔认为,胸部 X 光片提示的膈肌上移是腹腔出血将其抬高导致的。但我还注意到了多处肋骨骨折。肋骨骨折会导致严重疼痛,而且由于其下神经支配腹壁,患者出现了我们所说的腹部"牵涉痛",可能被误诊为腹内脏器损伤。然而,情况比这更复杂。我怀疑他的肝脏上表面撕裂了,而菲尔从下方可能注意不到这一点。因此,血液充满了胸腔,而非腹腔。诊断是推理的过程,不是高深的科学。

患者已经接受了大量静脉补血、补液,为什么他的血压依旧没有上升?我怀疑答案在于一种罕见的损伤,这种损伤随时都会要了患者的命,我也只在解剖室里看见过一例。如果我们要干预,就必须速战速决。叫人头疼的是,我不得不在重症监护室的病床旁为患者开胸,既没有手术无影灯,也没有护理团队。我们是个由又累又饿的规培医生组成的草台班子,竭力在这个甚至不适合做兽医手术的条件下挽救"杀人狂"的性命。

我让主管护士做好上台准备,并将器械递给我们。接着叫一旁颤抖的麻醉师放下恐惧,手动为患者通气。我还请人联系总机,将手术室团队召集过来。如果患者挺过这关后需要关胸的话,仅凭现有的急救器械是远远不够的。

心理疲劳和身体疲劳是两回事,连续工作 24 小时的我当然疲惫不堪。但在那个年代,疲劳从来不是借口。心脏外科规培医生不能感到疲劳,我们是医学界的特种兵,与死神博弈时飙升的肾上腺素足以弥补缺乏的睡眠。时间不多了,我们甚至来不及备皮和铺巾。当菲尔还在为患者铺巾的时候,有人喊道:"他又心搏骤停了!"我需要先打开左侧胸腔,暴露心脏,同时保持切口平齐,以便将其延伸穿过中线进入右侧胸腔。我们称之为"桶柄状切口",一种在没有胸骨锯的心脏手术早期阶段广泛采用的切口方式。

当我划开脂肪和肌肉时,我觉得有必要给旁观者打个预防针,这个过程会很血腥。目前来看这倒是个积极信号,毕竟死人不会流血。

"我马上需要牵开器,然后你就会看到问题所在。"我自信地说,暗示我已经知道背后的原因了。然后我低声对菲尔说:"你猜出来了吗?"

在第四肋和第五肋间做了更多切割后,我打开了胸腔,一些血液喷溅到了白色床单上。之后,我们打开了胸膜,显露出左肺。当我把肺牵开时,我的怀疑得到了证实。我们看到的不是包裹心脏的灰色心包,而是直接显露的颤动腔室,即左右心房和左右心室,它们此时已几乎无法发挥功能。这是一种由胸骨与方向盘剧烈撞击导致的心包撕裂伴心包内膈疝。撞击产生的作用力令心脏移位,受胸骨和脊柱的夹挤,泵血腔室和集血腔室运作受阻。这解释了为什么患者的静脉回流受阻,静脉压很高,而血压却很低。此外,他的右心室心肌明显有撞击导致的瘀伤。这就是大量补液无法使他情况好转的原因,只有手术才能解决这个问题。

我本能地想用手握住心脏进行开放式心脏按压。然而,在解除心脏的受压状态前，这无济于事。我的助手在一旁看得目瞪口呆。我告诉他："菲尔，在我扩大切口的时候，请把肺拉到一边。"

他显然被这个过程深深吸引了，这是好事，但同时也分散了他的注意力，干扰他主动提供必要的辅助。我知道受压迫的心肌处于扩张状态，且脆弱不堪，所以决定在破裂部位以外的位置切开心包，之后可以小心地切开撕裂口。我在与时间赛跑，因为尽管患者的心脏目前还保持着正常的节律，他的大脑并没有血液供应。此外，如果他的心脏出现电活动紊乱，医院是否有体内除颤电极板呢？我这个问题把周围的人都问倒了，大家一脸茫然，意味着"我们不知道"。

我看不到心包内的情况，手中的剪刀精准地刺穿了紧绷的右心房，血喷涌而出。那一刻，我感到自己的心也在颤抖。一连串粗口和一阵手忙脚乱后，我完成了原本计划的操作。幸运的是，这招奏效了。就像解开了勒在心脏颈部的绞索一样，原本缺血的心室又充满了血液，心房的压力也急剧下降。破口处汹涌的出血终于渐渐减缓。我当时很想立即进行胸内心脏按压，但又担心这会导致心房颤动。所以我请麻醉师再推一支肾上腺素。目前他心脏内的血流刚好够将这些激素输送到冠状动脉中，它们一抵达乏力的心肌，心脏就像火车一样发动起来。

自事故发生以来，这个醉酒司机第一次有了畅通无阻的血液循环和正常的血压，但我们要确保他能维持这个状态。他脱位的心脏就像坏掉的玩偶盒里的玩偶，我需要将它归位并稀疏缝合固定，避免其再次脱出。比起缝合本身，找到合适的缝线花了更长时间，让本就漫长的"业余者之夜"更难熬了。

在患者的情况重新稳定之际，我需要做出选择。这个时候，怒气冲冲的手术室团队已经到了重症监护室，想看看是谁敢叫他们回来。

是继续倚在这个光线不佳、条件简陋的病床边探查右侧胸腔，还是先关闭左侧胸腔，把他推到条件更好的手术室继续手术？答案显而易见。幸运的是，作为本院医生的菲尔也同意我的意见。

出于礼貌，我还是向赶来的手术室护士表达了感谢。他们一动不动地站在那里，目瞪口呆地看着病人胸腔上的大口子。当我告诉他们我还要打开另一侧胸腔时，他们给了一个极愚蠢的回应："我们这里不做胸部手术。"我说："现在你们要做了，赶紧动起来吧，他还在流血呢。"

这绝不是随口说说而已，而是不争的事实。尽管他的循环有了明显改善，但血压又开始下降了。菲尔问，他到底哪里在出血。

"他的肝脏破裂了，而且通过膈肌裂口疝入了胸腔。"我自信地回答道。当然，我之所以如此自信，是因为我已经解决了最致命的问题。"破裂的是肝脏顶部，所以你从下面看不到。"

他有些不知所措，只应了声："哦。"

我们的麻醉师，虽然我仍然不知道她叫什么，看起来更加放松，也更愿意积极配合了。团队转战下一个战场。墙上的时钟显示 7 点 45 分，我这才意识到我已经穿着同一件手术衣，浴血奋战了整整 24 个小时。更要紧的是，稍事休息后，我开始感到疲倦。但我并不是孤军奋战，菲尔与麻醉师整个周末也在夜以继日地工作。这就是我们的日常。

当菲尔帮助护士们将患者调整至右侧开胸手术的体位时，我走进更衣室，打开淋浴花洒，脱掉湿漉漉的手术衣，让冷水淋在头上。

通常在这种时候，冷水淋浴能帮我快速恢复状态。冷水会刺激皮肤上分布密集的冷感受器，向大脑发送信号，迅速提高警觉性、思维清晰度和能量水平。这是通过大脑为维持身体核心温度而释放内啡肽实现的。冷水还能提高血液中的抗氧化剂水平,有效缓解压力。因此当我重新走进手术室时,我比团队其他人的状态更好。那是星期天,崭新的一天,又一个连续值班的24小时。

情况不妙

> 我将大脑看作一台计算机,当其组件失效时,它将停止工作。对损坏的计算机来说,不存在天堂或来世。那只是讲给害怕黑暗之人听的童话故事。
>
> ——斯蒂芬·霍金

破裂的肝脏穿透撕裂的膈肌是一幅震撼的景象。至少在你清除了胸腔中的血块后看到它时是这样的。幸运的是,病人自身的凝血机制和低血压已止住了大部分出血,这也是他能够坚持到现在的原因。如你所想的那样,与其他组织不同,肝脏组织不易缝合。我用手指清除了坏死的肝组织,对渗血的断面进行了电凝止血,缝合结扎了一根主要胆管。但最安全的做法是:用纱布包裹住剩余肝组织,关腹,一两天后待其自然修复,再将纱布取出。这是我在剑桥学到的方法。城市中有梦幻的尖塔,医院里则上演着生死搏斗。

我享受把肿胀的肝脏重新放回腹腔的过程。复位成功后,我准备好纱布,开始缝合破裂的边缘。术后通过呼吸机给予正压通气有助于使器官保持原位。而且很重要的一点是,菲尔知道我们总共填塞了多少纱布,之后将它们取出时,他可以通过腹部切口完成。我可不想为此再来一趟中央米德尔塞克斯医院。

手术过程中，患者的生命体征保持稳定，我们迷人的麻醉师全程几乎没说话，我还以为她睡着了。但当我问她患者情况如何时，听到的消息并不乐观。她正在加大输血量，因为患者的血压又下降了，而我最担心的还是心脏本身的损伤。它看起来受到了严重的撞击和挫伤，这是它在胸骨和脊柱间受到夹挤所致，除此之外，可能还存在我们不知道的内部结构损伤。

类似情况下，我曾见过冠状动脉栓塞致心肌梗死、心脏瓣膜撕裂、心室穿孔的病例。因此，我问是否有人用听诊器听诊过他的胸部，他的心脏是否有杂音？众人面面相觑，不过我怪不得他们，毕竟我自己也没有这样做。如果他的心脏真的有其他问题，我能做什么呢？什么也做不了。这家地区综合医院没有人工心肺机，但我也无法将他转到黑尔菲尔德医院，因为重症监护室已经没有床位了。我们已经尽力了。不管他的心脏有没有问题、他能否活下来，他都哪儿也去不了。那两个因他而遭遇横祸的无辜生命正躺在太平间的冰柜里。我在乎他能否活下来吗？当然在乎。他可能有爱他的妻子和孩子在等他回家，他们的感受如何呢？

菲尔邀请我与他在医院食堂共进早餐。星期日的阿克顿已渐渐苏醒，街上开始熙熙攘攘。当然了，医院的早餐并不健康，但此刻的我急需炸面包、鸡蛋、培根和黑布丁补充能量。坐在那里，我突然意识到我上一次吃饭已经是前一天早上了。我们就着糟糕的咖啡，聊起了离开哈默史密斯医院后的职业发展。他好奇地问起了可爱的萨拉，他曾经看到我和她在一起。

"她叫萨拉，对吗？你们还在一起吗？"

我记得菲尔曾在医生休息室和萨拉聊过天，那时她在等我从手术台上下来。我知道他一直对萨拉有意思，所以我故作顽皮地答道：

"已经分手了，她无法接受我仍有婚姻的束缚。"菲尔的眼睛一下子亮了。

"很遗憾听到这个消息。"虽然他并不遗憾！"那你还有她的联系方式吗？"我又一次撒了谎。

"恐怕没有。她之前在皇家自由医院工作，但我想她已经回非洲了。她的家人还在那里。"

尽管读书时我的成绩单上写着"必须更努力"，我仍犹豫过要不要给萨拉的宿舍打电话，最终还是作罢了。我真想知道她是否在那里吗？此刻，我真正该做的是给黑尔菲尔德医院打电话汇报情况。

到目前为止，这是一个安静的星期日早晨。杰克逊先生的食管破裂病人发生了感染，正在接受抗生素治疗。他要么情况好转，有机会接受二次手术，要么很可能不会。另一家医院正试图让我们接收一位胸部充满脓液、呼吸困难的患者，但他们得先等等。我已经在中央米德尔塞克斯医院待得够久了，但菲尔想让我再去重症监护室看一眼。我已经告诉他："我回去之后，他就完全归你了。我星期一一整天都有手术。"

病床周围仍有一群人在忙碌，整理着各种输液管和引流管。重症监护室的护士平时护理胸腔引流管的机会并不多，所以当我说"别忘了接上吸引器"时，他们并不知道我在说什么。他们有没有可以与水封瓶搭配的吸引装置？"不知道。"我已经很恼火了，让菲尔亲自去确认，并确保他们没有直接把吸力强大的壁式吸引器连接到引流管上。那样会把肺吸出胸腔。

情况不妙 065

那位我没记住名字的友善麻醉师去哪里了？她已经去休息了。为患者接好呼吸机，并下达让他保持镇静状态的指令后，她就火速签退了。新的一天开始了。他现在不归我管了，尽管也没人知道他到底该由谁负责。看来引流管没有出血的迹象，但他的血压又下降了，低于100毫米汞柱。导尿管里也没有尿液流出。我们称尿液为"液体黄金"，休克患者如果无尿，意味着肾脏已经停止工作。虽然棘手，但也在意料之中。如果他之后需要透析的话，他们应该可以搞定。

也是在那个时候，我才问了他的名字，看清了他的脸。他的脸已被仪表盘撞得面目全非，挡风玻璃的碎片将其撕得支离破碎。如果幸存下来，他将需要一名颌面外科医生，但我有一种直觉，他可能走不到那一步。我把这个想法告诉了我的同事，现在照料"杀人犯"的重任落到他肩上了。

"为什么？"菲尔直截了当地问道。

"因为他的心脏受到了严重损伤，"我回答，"就算你用板球拍狠狠击打，它也不会更糟了，这就是心脏钝性损伤。你能看到他右心室心肌的瘀伤，就像嫩化处理过的牛排，室间隔肯定也是如此。"

我伸手探入被单，他的腿冰凉无比。我们已经尽力了，可他仍处于低心输出状态，所以我签退了。

"增加肾上腺素剂量，看看他是否有反应。很高兴见到你，菲尔。我们随时联系。"我记得当时我在想，在火葬场上，那张脸看起来如何都无所谓，我只希望他没有孩子。

外面阳光明媚，我踏上了归途。这一次我系上了安全带。路上很安静，我希望那天整个地区都没有胸部创伤病例，更别提我自己了。话虽如此，我的内心还是蠢蠢欲动，渴望体验一下飙车的快感。所以我没有下 A40 公路返回黑尔菲尔德，而是继续向北前往海威科姆，看望昨天的那位病人。我想我应该是希望在重症监护室见到温迪吧。

当我经过比肯斯菲尔德的高架桥时，车速表显示达到 95 英里／小时。我心不在焉，没有注意到交警正守株待兔，等待超速的傻瓜上门。当我听到警笛声响起，在后视镜中看到闪烁的蓝灯时，我已经快到通往海威科姆的路口了。更糟糕的是，我知道等待我的是什么，因为这不是第一次了。当我靠边停车时，我几乎能背出他们的开场白。

一名警官面带傲慢的笑容，慢悠悠地从车上下来，走向我的车。他透过我敞开的车窗窥视，里里外外打量个遍，然后问："先生，你怎么这个时间还穿着睡衣？是参加了一个过夜派对吗？"

我很想跟他说"滚蛋"，但惨痛的经历让我学会了避免与执法机构发生不必要的冲突。我礼貌地回答："警官，请再看一眼。我可能整晚都穿着这身衣服，但这是手术衣，不是睡衣。我超速是有正当理由的。我想你该听说了昨天那起谋杀未遂案。我是来自黑尔菲尔德的外科医生，是那个可怜的受害者的主刀医生。她的情况不容乐观，我正在努力让这个案子不要变成谋杀案。我很享受你的陪伴，但我在这里多待一分钟，这种可能性就高一分。"

警察那副若有所思的神情让人忍俊不禁，他在认真措辞。还好，他给了我善意的回应。他先是要求我出示驾照，我诚实地说它在我夹克口袋的钱包里，而那件夹克挂在黑尔菲尔德医院的更衣室。需要的话，他们可以掉头去找。然后他说："好的先生，我们出发吧。我们会开警灯护送你到医院，以免你遇到更多麻烦。请紧跟在我们后面。"就这样，我在警车的护送下穿过镇子，抵达了急诊科门口。他们并不傻，他们是想确定我刚才说的都是真话。

情况不妙　067

相较于看我的病人，这趟旅程本身更令我欣喜。她的面色依然苍白，仿佛刚经历了尸检，胸腹部的刀口现在被敷料和白色被单遮盖。尽管她面无血色，体温却升高了，并伴有心率加快和血压下降。她的护士主动告诉我，她的状况在夜里一直很稳定，医生们也感到欣慰。血压下降是最近一小时内发生的，导尿管里也没有尿液排出。

"他们对此做了什么？"我问，"温迪在吗？"

我不确定我是为了自己，还是为了病人而问这个问题的。她曾经令我朝思暮想，那时她也很开心。但现在不同了，我对与她一起在酒吧享用周日午餐的期待正在消退。

我从监护仪上可以看出患者心率加快、血压下降的原因。

我问道："房颤多久了？"护士一脸茫然。"有人采取什么措施吗？"这女孩显然被问住了，并且尴尬不已，重症监护室竟然没有注意到患者心律的改变，特别是在血流灌注不足已经导致肾功能损害的情况下。

"我去叫医生。"这是她能想到的唯一的话。显然，我看起来恼怒不已、咄咄逼人。这并非我的本意，但考虑到我漫长的一天，这也不足为奇。10分钟后，初级医生来了，我更直接地质问道：

"你觉得她现在的情况怎样？你对此满意吗？你有什么要告诉我的吗？"

这个英语不太好的年轻人，被周日早上突如其来的质问吓了一大跳。但先让我把话说清楚，这位谋杀未遂的受害者由于术后护理不当而病情恶化，这原本是可以避免的。手术是我做的，我需要对此负责。我也无法将这位可怜的女士转到黑尔菲尔德医院的重症监护室——我来得正是时候。房颤是心脏手术后常见的并发症，需要及时处理。我告诉那位医生,我们必须立即进行心脏复律。她目前仍没有意识,所以不需要麻醉师,只需把除颤器推到床边。

进行电复律之前,我要看一下早上的血常规检查结果。果然,她的血液生化指标异常,需要先予以纠正。但我没有那么多时间,于是我为她滴注了氯化钾,将体外除颤电极板与监护仪主机相连接。我让值班医生将输出能量设置为50焦耳,但他看上去还是手足无措。显然,他不具备紧急情况下一名医生应有的专业水准。一旁的护士帮他完成了除颤器设置,我为患者涂抹导电凝胶,以防电流过载导致灼伤。我将一个电极板紧压于穿过胸骨的中线切口上,另一个放在左腋下,然后按下按钮,进行电击。

一阵肌肉痉挛使她虚弱的身体从床上弹起,我全神贯注地盯着监护仪。她的心电图波形看起来像多洛米蒂山。不规则的心室颤动伴随扭曲而无意义的肌肉活动,仅此而已。但没关系,我多少预料到了。我告诉我那不靠谱的助手,给设备充电至100焦耳,然后再次电击。这次屏幕上是一条直线,没有任何电活动,她的心脏停搏了。但这对我来说并不是什么难事。我猛击了一下心脏,它收缩了一下。再来一击,引发了一连串电活动,然后停顿。

我轻声让护士递给我一支注射器和一支肾上腺素,因为我不想做体外心脏按压,那样会破坏我亲手关好的胸骨。我将肾上腺素推注到患者颈部的输液管中,然后再次猛击胸部。由此产生的电活动足以将肾上腺素输送到心脏,心脏终于有反应了。我们成功了,她的心脏恢复了正常节律,大脑也恢复了正常的血液灌注。肾上腺素确实能让萎靡的心脏重新振作起来,但它也有副作用。它会刺激小血管收缩,使血压升高,心脏泵血阻力增加。这一切看似充满戏剧性,但让心脏停

情况不妙 069

止跳动和重启是我的日常工作，在今后40年里也将如此。

解决了眼下最紧急的问题，我试图与我能够召集到的医护人员制订一个护理计划。他们中有照顾患者的护士、当天负责该病房的护士长，以及一位几乎没帮上什么忙的倒霉的初级医生。首要问题是："病人到底归谁管？"作为一名访问外科规培医生，我无法担负这个责任。护士长也没想法。可能要等到周一才有决定。想到我付出的努力，我有点愤愤不平地说了句："前提是她能活过这个周末。"

她已经出现了发热，而且由于被受污染的菜刀刺伤，脓毒症始终是个威胁。和现在一样，那个年代也不提倡滥用抗生素。鉴于发热是心脏和肠道创伤后出现的，我要求将她的血液样本送到微生物学实验室培养。另外，他们打算将胸腔引流管保留多久？管子里是否仍有液体流出？答案是否定的。此时应及时将其拔除，避免造成胸腔感染。对他们业务能力感到幻灭的我决定亲自动手，这也是表明我的任务已经完成的最好方式。

沮丧地签退后，我建议他们把镇静药物停掉，希望她能醒来并自主呼吸。之后他们可以为她撤掉呼吸机，把管子从损伤的气管里拔出来。咳嗽排痰、清理气道很重要，但切记不能让患者经口饮水或进食，损伤的食道需要数星期才能充分愈合。为此，他们需要一位外科医生进行评估管理。幸好，护士长在记笔记，但这个周末是不会有任何进展的。是时候离开了，那是我最后一次见到这个可怜的女人。家里是否有焦急地等待她的家人？我不敢问，光是想想都觉得心痛。

我抵达黑尔菲尔德医院的主入口时还是大白天，有只狐狸正在垃圾桶旁翻翻找找。我静静地坐着，看它看了好几分钟。在斯坦福医疗中心、格罗特·舒尔医院或梅奥诊所等著名移植中心是看不到此种景象的，这是英国国家医疗服务体系独有的。

由于移植手术进展不顺，那天早上的黑尔菲尔德医院并不是个愉快的地方。杰克逊先生的病人在夜间死于脓毒症，总机已经找我找了一个多小时。我有不祥的预感，但事实证明我多虑了。值班医生只是想和我谈谈可能要接收的转诊病人，但我们已经没有床位了。无非就是些脓胸或恶性肿瘤阻塞气管的病例，都是胸外科常见急症。我能说的还是那句老话："抱歉，目前床位已满，等有变化时我们会通知您。"英国国家医疗服务体系一向如此。

现在我已经筋疲力尽了。或许我该和某人讨论一下昨晚的病例，但我太累了，需要小睡几个小时。晚上若能到乡村酒吧放松一下，喝几杯啤酒，那就再好不过了——标准的外科医生消遣方式。

明亮的阳光透过豪宅四楼的大窗户照进来，窗外的湖泊和山谷一览无余。虽然对昨晚的工作感到满意，可我还是想起了2岁的女儿，想象她在剑桥大学附近的花园里玩耍。无尽的悲伤涌上心头。我希望能和她一起享受阳光，陪她玩，推她荡秋千。然而，她几乎不认识我。在她看来，我不过是个偶尔出现的大人，总因买礼物或糖果而受到责备，仅此而已。幸运的是，我很快昏睡过去，暂时摆脱了更多的痛苦，也及时中断了我对年底前往美国的忧虑。一个野心勃勃的父亲、一无是处的爸爸、可悲的角色，这就是我。

睡了没多久，下午晚些时候，一通电话打破了宁静。起初，我故意没有理会它，但紧接着我的医院寻呼机响了，上面显示要我给总机回电。接线员伊莱恩听起来松了一口气，因为我终于回应了。

"史蒂夫，赫默尔亨普斯特德医院的医生想和你通话。她听起来非常焦虑。我能把她接进来吗？"我默许地咕哝了一声。即使我现在

情况不妙　071

筋疲力尽，我还能怎么办呢？

"您好，请问您是胸外科医生吗？"

"是的，我是。有什么我能帮忙的吗？"

"我们急诊室接诊了一例棘手的病例，非常可怕的贯通伤。有个男孩在办公楼工地的脚手架上玩耍时从三层摔了下来。一根杆子穿透了他的左胸，头颈部也处于肿胀状态。消防队已经把他救出来了，但他目前处于休克状态，穿透部位离他心脏非常近。您能来一趟吗？"

"他多大了？"我问。

"刚满 12 岁，"她回答，"他非常痛苦。"

我想：谁不会呢。我看了眼床头柜上的闹钟，现在是 5 点 20 分。

"我会在 6 点前到达，"我说，"你们能把他推到手术室，进行交叉配血，准备 6 个单位的全血吗？"

"我们需要从圣奥尔本斯预订。"

"那就让警察把它们带过来，"我说，"在我打开他前，我们需要手术室里有充足的血。"话音刚落，我意识到最后一句话听起来有点像是把他当作一罐豆子。这个周末，我第二次像飞离地狱的蝙蝠一样匆匆离开了黑尔菲尔德。

不同于早上的冒险，我现在有充分的理由猛踩油门。我知道怎么去那里吗？大致知道。先向西行驶前往沃特福德，然后上 M1 高速公路，向北行驶。到了赫默尔亨普斯特德，我再问医院怎么走。我从来没有去过那里，我也从未遇见过真正意义上的贯通伤。想到这里，我又充满了活力。但我真不想在那个可怜的男孩还清醒的时候见到他。我想等我到的时候，他应该已经被麻醉并上了呼吸机。但事实并非如此。由于支气管损伤漏气，他的头部和胸腔肿胀无比，像个米其林人，他们不敢为他插管。

到达医院后，眼前的情景让恐怖电影都相形见绌。男孩侧躺着，身上的衣服还没换，脚手架钢管刺穿了他的身体，胸前和背后至少有12英寸长的钢管突出来，他的上衣和担架都浸满了鲜血。尽管已经处于深度镇静状态，但他仍在痛苦地呜咽。可怜的父母守候在他身旁，泣不成声的母亲抱着他的头，父亲则紧紧地握着他冰冷而汗湿的手臂，即使肩胛骨与男孩后背的钢管摩擦也不愿放手。

男孩苍白、肿胀的脸和浮肿的眼睛表明他有严重的肺部损伤。更重要的是，血液已进入气管并从鼻孔喷出。但有经验的医生都知道，他现在仍然活着表明他的心脏和主要血管没有损伤，也没有伤到脊柱。尽管看着触目惊心，我还是对拯救这个小男孩充满信心。我认为开胸手术本身并没有难度，真正的难点在于如何找到一个合适的体位为他进行麻醉和气管插管。

这一次，我真的希望身旁有一位经验丰富的麻醉医生，能用一根特殊的气管插管在关闭左肺的同时对右肺进行通气。我知道这里的团队无法提供这样的专业帮助，所以提了一个建议。如果他们同意的话，我会请黑尔菲尔德医院的一位儿科麻醉师来帮忙。希望他能带来适合12岁孩子的插管工具。在此期间，我们会将孩子各项指标调整至最适宜手术的水平。

我能对这对绝望的父母说些什么来减轻他们的痛苦呢？他们被处于恐慌状态的医生和护士包围着，因为这里平时根本不做胸外科手术。而我此行就是来帮助他们的，所以我告诉了那对父母他们想听到的话。他们的孩子很快就能渡过难关，损伤也会被修复。等到晚上，他们活蹦乱跳的儿子就会回来了。我对此有把握吗？当然没有。但讨论他的死亡风险会对我们有帮助吗？完全没有。如果我在手术室艰苦奋战的时候，手术室外的他们能感到哪怕一丝宽慰，冒点风险也是值得的。

这种善意的谎言是我一直秉持的，但不消多说，这种态度在当今并不被认为是政治正确的。一直以来，我都希望能够减轻患者的恐惧和焦虑，但这却成为伴随我职业生涯的弱点。在英国国家医疗服务体系中，为保护医院不卷入医疗纠纷，我们被要求在签署手术同意书之前充分说明所有可能的风险。面对这样的要求，我不知道该对这些可怜人说什么。我应该跟他们坦白，我其实只是个规培医生，并不是一名有资质的外科医生吗？我应该建议他们叫来我的上司，并警告说孩子可能在我的上司赶到前就会失血而死吗？还是说我应该表明，我可能不得不切除孩子的整片肺叶，告诉他们孩子的胸腔可能因那根肮脏的钢管而感染，孩子的膈肌或声带的神经可能已被切断？也许我们输给孩子的血已经被肝炎或艾滋病病毒所污染，他们的孩子也会像数以千计的不幸患者那样患上肝炎或艾滋病。也许重症监护室会突然停电，导致呼吸机停止工作……我不会为了保护自己而一一说明这些最坏的可能，我永远无法这么做。

我的黑尔菲尔德医院的同事克里斯很快赶来，我们一起开始为男孩做术前准备。麻醉剂的注入很快让他进入了梦乡，我们也终于能把他的父母带离麻醉室。为他实施气管插管是摆在我们面前的最大挑战。操作过程中，我们要确保那根钢管保持原位。因为如果钢管已损伤血管，一旦钢管发生移位，便可能导致大出血。手术室里没有 X 光机，但我们用听诊器听诊男孩胸部时没有听到呼吸音，里面一定充满了血。这种情况下，唯一的办法是将他的身体右侧置于手术台上，再托起他的身体左侧，让钢管悬空，以仰卧位进行气管插管。克里斯顺利为他插入气管插管后，我们将他调整回右侧卧位，让钢管穿透的左侧胸腔朝上，方便我做手术。历经万难，准备终于完成了。

能与一个熟悉的朋友并肩作战给了我信心，虽然钢管穿透身体的情形触目惊心，但我认为手术并不困难。在我身旁，还有一位来自南非的初级医生作为第一助手。我们一起剪掉了男孩浸血的衣服，并为他的皮肤消毒。他当时应该是向后摔倒的，钢管从肩胛骨下方进入胸腔，贯穿至前胸乳头上方。想象着它的路径，我有些担心男孩的肺根部已经受到损伤，导致气体从破裂的支气管漏出。

我拿起手术刀，从男孩胸前钢管突出的地方下刀，一直划到后背钢管刺入的位置。然后用电刀切开胸壁肌肉层，暴露出肋骨。入口处可见三根肋骨骨折，下方动脉破裂出血。出口处，钢管只导致了胸骨与软骨的连接处脱位，问题不大。这些根本难不倒我。

我一打开胸腔，紫红色的血块就滑落到了手术单上，紧接着，大量深蓝色血液喷涌而出。胸腔深处有气体溢出，证实了支气管确有损伤。我立即用金属牵开器将肋骨撑开，嘱咐助手马上将胸腔内的积血吸引干净。之后，我抓住那根钢管，将其从撕裂的组织中拔出，郑重其事地扔到地上。钢管哐当一声撞到了地砖，之后就是一阵嘈杂的滚动声，直到它停在手术技术员的脚下。这点我完全是靠声音推断的，那时我正疯狂地清理血和血块，为之后修复损伤做准备。

大部分海绵状的粉红色肺组织已经塌陷。当我将它向上拉时，损伤的血管和支气管逐渐显露，问题的严重程度也显现出来。肺根部已经撕裂，肺下叶与支气管已完全分离。与之相伴的是动、静脉出血，但上叶似乎还有挽救的希望。当我用手捏住肺门试图止住出血时，我对一旁的器械护士说："请给我一把肠钳。"她看起来跃跃欲试，想要帮忙，但她此前从未见过开胸手术。她对我的要求困惑不已，不理解开胸手术为什么会用到肠钳。而事实是，她的器械车上并没有我平常用的开胸器械，肠钳是不得已的选择。

于是，我右手握着肠钳，将肺向上提拉，使其尽量靠近中线。这一简单的操作止住了肺部的出血和气体泄漏，让我们有了片刻喘息。稍感宽慰，我转身离开手术台，坐到凳子上休息了一会儿，心中祈祷我们已经赢得了这场战斗。短暂的休息也有助于缓解手术室内的紧张气氛。此时，我似乎听到现实世界某处传来了教堂晚礼拜的钟声。上帝与我同在。死神，收起你的镰刀吧。

男孩的血压恢复了正常，且保持稳定，他完好无损的右肺可以确保他有充足的氧气供应。

"干得漂亮，"克里斯轻声说道，"听说你整个周末都在奔波。"

"感觉时间更长，"我略带疲惫地应道，"也不知我这一路能帮到多少忙，但至少我们应该能保住这孩子的命了。"

放松片刻后，我又回到手术台，完成最后的收尾。鉴于伤口已经受到污染，将受损部分重新连接在一起没有意义。对于一个处于休克状态的创伤患者来说，这么做不仅费时，还会增加感染风险。因此我决定将撕脱的下叶切除，让剩余肺组织随着他的成长而逐渐填补缺损的空间。

全神贯注地解决了最棘手的问题后，我的注意力开始游移。这种情况很常见。根据手术的要求，我可以在高度专注和自动模式之间自如切换。同样地，我既可以用右手做手术，也可以用左手做手术，但通常我会双手并用，让手术更加简单。我大脑的左右半球都很发达，左右开弓对我来说不在话下。良好的空间感也是我的一大天赋，尽管我的家族中没人利用过与此相关的技能。但最重要的是，就像那些不向死神屈服的医学先驱那样，我从未怀疑过自己。

在那个周末的苦斗中，这最后一次手术给了我最大的满足感。对孩子和他的父母来说，这是终生难忘的痛苦经历，但我感觉他已经跨越难关了。虽然还需要取出肋骨碎片，清洗胸腔并插入引流管，但我迫不及待地想告诉他们最糟的已经过去了。赫默尔亨普斯特德医院的麻醉师从男孩入院以来一直陪在他身边，他主动提出想告诉孩子父母这个好消息。我曾考虑要不要让他拿着那根染血的钢管给他们看一眼，仔细想想还是作罢了。没想到，克里斯似乎也很开心。

"幸好我见证了这一切，"他有感而发，"我再也看不到这样的奇迹了。他是个非常幸运的孩子。稍微偏一点，他就不在人世了。"

我剪除了入口和出口部位瘀伤和破损的皮肤，愉快地将伤口缝合好。墙上的钟停了，外面的太阳渐渐落山，我已经失去了时间概念（尽管时间本身并不重要）。现在有件事让我担忧，这家医院没有儿童重症监护室，谁来照顾这个孩子呢？克里斯和我必须留下来陪着他，直到他能够自主呼吸，并安全脱离呼吸机。

好在他年轻而健康，不是个患有慢性支气管炎、切除了一整个肺的癌症患者。如果接下来的几个小时里他一切稳定，我们计划拔除胸腔引流管，唤醒他，然后拔除气管插管。但我们不能把这些关键步骤交给经验不足的本地团队。这对他们和孩子一家都是不公平的。我们也不能将他转到黑尔菲尔德医院。这样的协商在星期天晚上几乎没有意义。即使我能说服他们给我腾出一张床位，这也意味着有一位本应在星期一接受手术的胸部畸形的孩子将被取消手术，而这会给其父母带去巨大痛苦。

情况不妙 077

我们能做些什么来提高孩子当晚脱离呼吸机的可能性呢？镇痛至关重要。最好的办法是将局部麻醉剂注射到断裂肋骨和手术切口的神经周围，阻断痛觉的传导。剂量一定要够，这个孩子已经经受了太多。

我又一次拨通了黑尔菲尔德医院的电话，告诉他们我的所在。出乎意料，总机告诉我："哦对了，有位叫萨拉的女士找过你。我们告诉她你去外院救治急诊病人了。希望这样没问题。"

"那是几点？"我问。

"就在一小时前。"

"抱歉，现在几点了？我完全没有概念。"

"快8点半了。"

我沉思了片刻。她一定是度过了一个愉快的周末，然后得知我在找她。有点意思。疑虑和不安涌上心头，我开始胡思乱想，我压抑住了这些思绪。

排星期一的手术时，我把我想亲自做的手术排得满满当当的，所以我想抓住周末的尾巴好好休息一下。同时，我也不打算让克里斯一个人留在赫默尔亨普斯特德医院，便一起找个地方喝上几杯。比起陪悲伤的父母守夜，这似乎更有吸引力。但是还有一些问题。首先，我还穿着手术衣，其次，我的钱包在黑尔菲尔德医院的夹克里，所以我没有钱。但没关系，有克里斯在。

我的朋友察觉到我有些疲惫了。对外科规培医生来说，睡眠不足是必经之路，趁上司休息时在夜间独立进行手术，谁会放弃这样的机会？然而，这种逞强也是有后果的。我变得越发焦躁、易怒，迫切想回家。幸好，克里斯决定把一切交给时间，等待孩子自然康复。

"我们应该回去和孩子的父母谈谈。"他说。但我真没那个心情，以我目前的状态，我无法承受孩子父母的感激。治病救人是我的本职工作，我只是做了我该做的，并不需要被过度夸赞。汽修工修汽车，而我有幸能修人体，并从中收获巨大的满足感。这对我来说已经够了。

在心脏手术的开创阶段，由于死亡率很高，患者对主刀医生的首要期望从来不是富有同情心。大多数人只希望找到一个能让他们平安下手术台的人，仅此而已。我在皇家布朗普顿医院的经历让我深刻体会到这一点。当时我是医院里最卑微的存在，负责告知手术室外的父母即将发生的不幸。通常，这意味着修复后的心脏心功能不佳，无法脱离体外循环，死亡已成定局。我的上司们都刻意回避这个艰巨的任务，谁又能怪他们呢？那时也没有心理学家为我们提供心理疏导。作为规培医生的我们只能找一位富有同情心的护士倾诉，或者与她共舞。那是当时最好的减压方式，也比在值班时喝酒更安全。

无论彼时的我多么暴躁，克里斯坚持认为那对心碎的父母应该有机会与孩子的主刀医生交谈。当然，他是对的。就这样，他们再次聚集在孩子床前，哭泣的母亲握着被单下孩子冰冷的小手，一旁的父亲则紧紧搂着她的肩膀。作为医生，这样的场景注定要伴随我的职业生涯，但我从未后悔。我厌恶死亡，我会尽我所能阻止它发生。

我身上的蓝色手术衣已浸满汗水，整个人一身汗臭，疲惫不堪，但这对夫妇仍然恭敬地站了起来。我请他们坐下。他们的第一个问题是："医生，他会活下来吗？"我给了他们渴望听到的答案。

"他会的。他是个幸运的孩子。"短短两句话让紧张的气氛一下子缓和了，他们的肩膀明显放松下来，孩子母亲又开始啜泣。虽然我的话带去了安慰，但我很清楚情况没那么乐观。孩子还有很多难关要闯，最关键的是要挺过感染。但对焦虑不安的父母来说，我的这番话比安定剂更有效。我觉得有必要告诉他们，那根钢管让孩子失去了一半的左肺，但没关系，剩余的肺组织完全够用，他还能像以往那样踢足球。

这段对话恰巧成了转移注意力的手段。在整个过程中，我一直在评估孩子的状况。尽管手术过程中他的体温下降了，但现在他盖着毯子，体温慢慢回升，脸颊泛着红晕。心率和血压也几乎恢复到正常水平了，两根胸腔引流管里也没有血液流出。术后回到重症康复病房后拍摄的胸部 X 光片显示，手术非常成功，忽略那几根破碎的肋骨，他和正常孩子没什么区别。我告诉克里斯和主管护士，我准备拔除引流管，因为孩子醒来后，这些管子会让他不舒服。的确，这比我们通常拔除引流管的时间要早得多，但我认为与其第二天让没有经验的新手拔管，现在由我亲自上阵会更安全。如果拔管操作不当，导致空气进入胸膜腔，剩余肺组织就会塌陷，男孩将需要二次手术。

当我拔除第一根引流管时，他突然惊醒了。他开始反抗呼吸机，护士问我是否要再实施镇静。如果是在配备有儿童重症监护团队的黑尔菲尔德医院，我会说"是"。但这里不同，他越早脱离呼吸机和其他任何可能出问题的支持手段，对他来说就越好。克里斯有些犹豫，但他明白我想离开这里，于是说道："好的，管子可以拔掉了，但我会在这里多待一会儿，确保他呼吸正常。我们都不希望他再出任何问题，对吧？"他真是位绅士。他整夜都守在男孩床边，缓解他疼痛的同时确保其自主呼吸不受影响。

晚上 11 点半，我离开了赫默尔亨普斯特德医院，并在午夜降临前驶入了黑尔菲尔德医院的大门。总机就在正门旁边，我打了个电话，告诉他们我回来了。此外，除非医院有紧急情况，我不希望在晚上接到电话。无论这个地区发生什么事，都与我无关。"还有一件事，"

电话那头的人说,"那位叫萨拉的女士在晚上 10 点半来过电话。她说如果你在午夜之前回来,可以给她回个电话。"我考虑了一下,最终还是没有拨通那个号码。这个周末太漫长了,庄园和床铺在召唤我。但在此之前,我要去酒吧喝一杯,犒劳一下自己。说实话,我觉得这次经历让我成长了许多。至于我到底收获了什么,我是否失去了爱人,只有时间能给出答案。

失望

> 悲观主义者在每个机会中看到困难,乐观主义者在每个困难中看到机会。
>
> ——温斯顿·丘吉尔

我起了个大早来到医院,准备进行当天的第一例手术。这时,杰克逊先生走进手术室。

"早上好,史蒂夫。你的周末过得如何?"

我告诉他,我整个周末都在处理周边地区的创伤病例,忙得不可开交。他对此表示理解,但他接下来的话却让我失望。他说,他刚接到威科姆医院一位普外科医生打来的投诉电话。这是怎么回事?我的能力可是有目共睹的。原来,那位医生没找到手术记录,所以不知道我具体做了什么。那么手术记录去哪里了呢?尽管睡眠不足,但我清楚地记得自己当时坐在手术室角落,仔细记下每个细节。我绘制了一张示意图,在图上注明了每处刀伤以及我采取的措施。那是一份非常详细的手写文件,具有重要的医学及法律意义。这东西怎么会找不到了呢?

无论如何,我觉得周末陀螺般忙个不停之后,这样开启新的一周实在不合理。我感受到心中的怒火正在燃烧,而我并不擅长控制它。

我将手术刀放回器械推车上。

"对不起,杰克逊先生,我确实写了手术记录,他们显然弄丢了。这例病例交给您,我要去威科姆医院找手术记录了。"

当我脱下手术衣,大步走出手术室时,周围一片沉默,每个人都一脸惊讶。然而,我并没有去威科姆医院,而是冲向秘书办公室。我再次重复了手术记录的内容,附上了同样的图示,并要求将其传真给早上来电话的那位外科医生。她清楚那是谁,但我没有问。发脾气归发脾气,至少我这次有先见之明地保留了原件。毕竟,我迟早要在刑事法庭上解释我的行为。

我昨晚几乎没怎么睡,后果显而易见。尽管我向总机抗议过,但凌晨3点我还是接到了中央米德尔塞克斯医院的电话,说患者的胸腔引流管出血了。我完全不记得他们说了什么,我又是如何回应的。之后,我变得焦躁不安,无法再次入睡,整个人忧心忡忡的。无论承认与否,睡眠就像食物和水一样,是基本的生理需求。

在深度睡眠中,大脑会重播新获得的信息以巩固记忆,此外,大脑的废物清除系统在睡眠时最为活跃,而睡眠不足会导致大脑认知功能下降。执行功能,即在正确的时间做正确的事,取决于大脑复杂的情绪调节中心与行为控制区域之间的相互作用。睡眠不足时,我们会对奖励过分敏感,情绪反应增强,逐渐失去理性。

虽然那个时代对这一科学过程的认识尚有不足,但我刚刚亲身经历了这个过程。作为外科规培医生,我们的个性一直受到评断,而具体情况却未被考虑进来。所以我回去向杰克逊先生道了歉,然后做了一台肺癌手术,这并没有给我带来任何满足感。这可能显得我过于任性,但那天早上,我明显感到自己大脑的奖励中心空虚无比。

几周后,事实证明,那位当时昏倒在地无法回忆调查经过的警官想到了将那位医生丢弃的手术记录作为证据。那位医生想当然地认为会有一份打印版的记录。考虑到我当时匆匆离开,未和他讨论这例病例,没有强调将我的手写记录录入医疗记录中的重要性,也难怪他会这么认为。

下午,我接到一通电话,说威科姆医院的病人出现了脓毒症,问我是否对使用哪种抗生素有明确看法。被肮脏的刀刺了那么多下,感染始终是她面临的一大威胁,她的命运很大程度上取决于她感染的细菌,有的细菌对抗生素更敏感。我的第一个问题是:"吴医生今天看过她吗?如果看过,她怎么看?"对方答复:"我不认识吴医生,我想她应该只是在周末代班。"

在那一刻,凭良心说,我别无选择,我必须回去,尽我所能为她争取一线生机。否则,她能活下来的希望非常渺茫。我对她一无所知,甚至不知道她的名字。在我的手术记录上,我通常把患者姓名一栏留到以后填写。有时候,也许永远都填不上。我觉得"逃之夭夭"(cut and run)[1]这个词是为我创造的。但不论怎样,她是某个人的女儿、姐妹,或者是某个孩子的母亲。她对某个人来说是宝贵的,尽管我不是她的主治医师,但这并不意味着我可以弃之不顾。

那是我第一次注视她的脸,一阵悲伤涌上心头。如今,她的名字和家庭情况已被查明,但我不想知道。她只有 24 岁。我问警察知不

---

[1] "cut and run"是源于航海时代的俚语,指船只遇到危险时,为了躲避灾祸,船长下令砍断锚链,尽快逃走。后常用来形容面对困难时的逃避行为。此处指作者本人经常到各家医院做手术,手术结束后便离开。

知道是谁试图杀害她，答案在我预料之中。

"她的伴侣，听说他已经被送进了精神病院。"

那可怜的父母有没有来看过她？

"来过了，他们的心都碎了。"

女孩的眼睛被贴上了胶带。在重症监护室，我们经常会为昏迷患者这么做。但当我抚摸她的额头时，感觉又热又湿。他们有没有更换过她颈部开放性伤口的敷料？没有。

当我撕下那胶带，揭开浸满血的纱布时，还没看到下面的脓液就已经闻到味道了。令人作呕的绿色黏稠分泌物从伤口深处渗出——是由克雷伯菌引起的感染。这是一种令外科医生生畏的细菌，一旦感染，极易导致其他部位感染。

我现在有重要的任务。脓液需要直接送往实验室做分析。其他伤口也需要检查、拭子采样和清洁，还要采集血样送检，进行血培养。所有这些必须立即进行，不能等到明天，因为选对抗生素是关键。

聪明的年轻护士从我的话中感到了紧迫性。

"需要我给您推辆换药车吗？"她提议。"好的，"我说，"如果可以的话请再给我拿一套手术衣和一副手套。我要好好处理这个伤口。"

我的帮手拉上帘子，掀开被子。除了大面积的伤口敷料，女孩身上只有一次性纸内裤，没有其他衣物。周六见到她时，她的脸色苍白而冰冷，但今天她的脸发热、潮红。她的身体明显在颤抖，我确信她患上了脓毒症。此刻，细菌正在她的血液中疯狂繁殖，每分每秒都在威胁她的生命。

她的腹部伤痕累累，当我揭开上面的敷料时，她的身体微微动了一下。为了不惊醒她，我停顿片刻。再次尝试时，她扭动了一下，发

失望

出了一声呻吟，然后设法撕开了一只眼睑上的胶带。她有一双湛蓝的眼睛，一头柔软的金发，上面还残留着血迹。那只锐利的眼眸在眼眶中转了转，然后紧紧盯住我，仿佛在说："你这个浑蛋。"

我无法用戴着灭菌橡胶手套的手抚摸她的头，所以我把脸靠近她的脸庞，轻声说："一切都会好起来的。我不会伤害你。我们都在这里守候你。"她似乎有所反应，闭上眼睛，逐渐平静下来。我没留意到护士在输液管中注射了更多镇静剂，天真地以为是我的声音起到了安抚作用。无论如何，药物总比言语更能安抚人。她的眼睛再次被贴上胶带，这次互动是我与那女孩的唯一一次沟通。我希望她能感受到我的善意。

在我成功将她从冰冷的利刃下拯救出来后，接力棒就交到了与细菌抗争的人手中。那些在她的血液中繁殖的细菌是她现在面临的最大威胁，必须在当晚采取行动。因此，为她换好药后，我准备寻找一位高级细菌学家。一如既往，这个过程从与值班实验室技术员的争吵开始。他不愿被来自其他医院的医生指责。随后，我被转接到了一位病理学规培医生那里，我坚持要求她务必与她的主任医师讨论这例病例。那个时代的高级医生都极力自我保护。在这种情况下，为了给这位险些惨遭杀害、经历了数小时手术的女孩抓住一线生机，我做了些什么呢？我对他们三个人说："她明显出现了脓毒症，她的血压正在下降，尿袋里也没有尿液。我希望立即进行脓液培养，观察显微镜下的细菌，并请一位经验丰富的细菌学家告诉我她感染的是哪种细菌。"

几经周折，当我终于联系上主任医师时，我加了句刻薄的话："如果我不能尽快得到帮助，我会让警察介入！"我知道这样说很粗鲁，我又无理取闹了，但又何妨呢？严重的身体伤害和谋杀是两回事，这个女孩还有机会。是挥刀杀人的恶魔得逞,还是她能幸存下来,这完全取决于我们的努力。

在返回黑尔菲尔德医院进行晚间病房巡视之前,我回到了她的床边。

"有什么进展吗?"负责照料她的那位机敏的澳大利亚人问,直率中透着一丝无奈,仿佛在暗示:你离开后,这个女孩怎么办?在这里,没有人将照顾这个可怜的孩子视为己任,但谁又能责怪他们呢?问题的根源在于,她本应在胸外科专科医院接受治疗,而胸外科专科医院没有急诊科。

当晚,我接到了威科姆医院的细菌学家打来的电话,说伤口感染不是由克雷伯菌引起的,而是由一种名为假单胞菌的细菌引起的。这个名字很有趣,因为它一点都不假。一旦进入血液,它就是实实在在的威胁,尤其对于一个新陈代谢紊乱的瘦小女孩而言,它非常致命。他建议立即为她静脉输注大剂量的抗生素。

"你还告诉了其他人吗?"我问道,"我不在你们医院工作,麻烦你联系一下负责开药的重症监护室医生。谢谢你告诉我……"我克制住了自己,把嘴边的"这该死的好消息"又咽了回去。我不想让别人知道我是个好斗的街头打手。

我越发担忧那个可怜女孩的状况,于是打电话给威科姆医院的重症监护室,与负责她的护士交谈。可悲的是,我原本期望她能比那些初级医生给出更多信息,但她的话让我感到沮丧。我离开后,她的血压急剧下降,所以他们正在使用大剂量的肾上腺素。她是否有排尿呢?这可是维持身体循环代谢的液体黄金。但自下午晚些时候以来,一滴也没有,一整天也只有很少一点。如果那个星期六下午,我寸步不离地守在她床边，情况会有所不同吗？让我心痛的是，我认为是有可能的。心脏外科医生整个职业生涯都在与循环系统打交道。在她体温第一次升高时，我就会取血样，做血培养。触摸到她冰冷的脚时，我就会警觉到她的病情恶化，不会放任到她的生命岌岌可危。这种情况下，不断增加肾上腺素剂量并不是解决办法，只会雪上加霜。肾衰竭只是开始，一旦一个器官功能衰竭，其他器官也很可能步其后尘。在那一刻，我知道她到早上就会去世。我关切的表情和鼓励的话语可能是那个可怜的女孩脑中记录的最后思绪。

被无力感裹挟，我瘫坐在酒吧破旧的真皮座椅上，茫然地凝视着玻璃吊灯。我不禁思考，第一次世界大战以来，有多少年轻医生也曾陷入同样的困境？他们是否像我一样为生命的脆弱而沮丧？我未收到任何我周末救治的其他患者的消息，我的思绪飘向了赫默尔亨普斯特德医院的那个孩子和他的父母。我想克里斯应该会密切关注孩子的康复情况，所以我拨通了他家的电话。接电话的是他的妻子，她告诉我克里斯几乎整晚没合眼，一直守着那个孩子，但如果我真想和他说话，她会去叫醒他。我思考片刻，然后自私地说："请帮忙叫醒他。"刚好，疲惫的克里斯非常乐意与我分享那个晚上发生的事。

男孩在我离开后很快恢复了意识，引流管也拔掉了。尽管神经阻滞减轻了他的疼痛，但他仍然感到不舒服，很是烦躁。他的母亲一直守在他床边，尽力安抚他。然而，身体的疼痛和可怕的事故记忆让孩子的情绪非常激动，他拽落了输液管，血溅得四处都是。

克里斯虽不是儿科麻醉师，但他是个父亲，知道怎么照顾好这个烦躁的孩子。此外，哭闹和挣扎在短期内对孩子的康复起到了积极作用。这些反应提升了血压，促使他深呼吸和咳嗽，就像物理治疗一样，而这正是他在这个阶段需要的。因为胸壁疼痛和镇静会影响他深呼吸，导致二氧化碳在血液中积聚，整个人昏昏欲睡。

不安的情绪平息下来后，筋疲力竭的孩子终于一觉睡到了天亮。克里斯趁机为他插上了新的静脉输液管，并安排了一次床旁胸部 X 光检查。结果显示，孩子剩余的肺组织已完全张开。克里斯尽职尽责，一直等到早上儿科医生上班后，正式将孩子交给他才离开。正如人们常说的——"没有消息就是好消息"，来自赫默尔亨普斯特德医院的消息肯定是好消息。

现在打电话给巴尼特医院的伊斯梅尔或者中央米德尔塞克斯医院的菲尔已经太晚了，我只希望"没有消息就是好消息"同样适用于他们的病人。也许明天我可以前往巴尼特医院进行术后回访，以借口逃避谢泼德女士那无聊的门诊。接着，我可以继续驱车南下，前往皇家自由医院。巴尼特是谢泼德负责的地区，所以她对这例病例非常感兴趣。我甚至收到一句赞扬："干得漂亮，修复破裂的主动脉从来都不简单。"也许她又想起我之前协助她做的那台失败的主动脉修复手术了。至于错过门诊？起初，我感受到她锐利的目光和紧锁的眉头，然而意外地听到她说："你应该露个面，这样才负责任。"太好了，我心想，我下午可以休息一下了。

中央米德尔塞克斯医院和巴尼特医院位于相反的方向。明智的做法是先给伦敦的菲尔打一通电话，看看他是否需要我到访。我请总机呼叫他，然后就是无尽的等待。也许他正在手术。大约在上午 11 点半，我再次给他打电话，这次他在几分钟内接了电话。

"嗨，史蒂夫，你之前叫我了吗？我刚刚在做一台胆囊手术。"

我直奔主题："我打算下午去看看我们的病人，菲尔，你有时间吗?"电话那头陷入了沉默,一种不祥的寂静,以至于我在十英里外都感到了尴尬。

"哦,抱歉,史蒂夫。我应该给你打电话的。他昨天去世了。"

"死因是什么?"我愤怒地问道,尽管我早已知道答案。一定是那导致他心包破裂的致命撞击引发的心力衰竭。

"你离开后,他的血压就一直在下降。我们不断增加药物剂量,但他还是在昨天早上休克了。我们尽力了。"

"你本可以做些什么的,"我指责道,"插入主动脉内球囊反搏装置可能能救他一命。你本可以将他转到哈默史密斯医院,那儿离你们医院不过一英里,我可以帮你安排的。"电话那头没有回应,只有震耳欲聋的沉默。最后,我说道:"请务必为他进行尸检,即使验尸官没有要求。我有一种感觉,他的右冠状动脉可能有血栓,我不希望他的死被归咎于我的手术。"

在一个阳光明媚的星期二中午,我驱车穿过北伦敦,前往巴尼特,迫不及待地想在下午赶到皇家自由医院,给我的爱人一个惊喜。希望她今天是白班,能在下午4点半前下班。我们可以一起在汉普斯特德荒野散步,或进行一些更有活力的运动。我在巴尼特综合医院的接待处询问是否可以帮我找到伊斯梅尔。如果我独自出现在重症监护室,没人会知道我是谁。碰巧,他正在办公室吃午饭,虽然按照指示找到他并不费太多工夫,但当我见到那所谓的"办公室"时,这个词实在有点言过其实了。里面只有一张桌子、一把椅子和一扇窗。根本没有足够的空间供我们二人交谈,所以我们来到手术室的护士休息室。在那里,他热忱地把我介绍给了三位漠不关心的观众,说我是那位在周末英勇拯救了多发伤患者的心脏兼脑外科医生。尽管他们对此无动于衷，但这些话至少证明那个人还活着。

"他的情况怎么样？"我小心翼翼地问。

"还不错，"伊斯梅尔说，"从心血管来看，他状况良好。胸部 X 光片看起来很好，他也能自主呼吸。在修复脊柱和骨盆之前，我们正在等待他苏醒。目前已有一些积极的迹象，但他的腿还没有动过。"

"什么积极的迹象？"我的话里带着明显的失望。

"昨晚他的血压上升了，他们以为他要苏醒了。然而，重症监护室又给他注射了镇静剂，此后他就没有任何反应了。但我仍然保持乐观的态度。"

"那我们去看看吧。"我嘀咕着，喝完了手中难喝至极的咖啡。

我们到达病房时，那个全身裹着绷带的破碎身体静静躺在角落，一旁的呼吸机在呼呼作响。这种异常的声音本身就暗示着通气存在问题。于是我立刻要来听诊器。他的左侧肺部没有空气进入的声音，即修复主动脉的那一侧。更重要的是，当呼吸机向他的右侧胸腔注入空气时，发出了尖锐的声音。思考着这些发现，我低头看到了胸腔引流管，它们依然原封不动地留在患者的胸腔内。两根胸管都被夹子夹住了，立刻揭示了问题所在。我取下其中一只夹子，空气迅速进入水封瓶，发出嘶嘶声，就像是浴缸中的一声响屁。

我转向照顾他的护士，愤怒地质问道："该死，你为什么夹住了引流管？"她慌得脸一下子红了，茫然地看着我。我意识到自己太冲动了，我不该对护士发火。护士只负责执行，不作决策。伊斯梅尔出面解围。

"对不起。我们通常会在拔除胸腔引流管之前钳夹一小时。出血很早就停止了，我以为你会希望我们把它们拔出来。"

尽管情况不妙，我还是尽量直接而礼貌地回应。

"他肺部一定有漏气的地方。那是一种张力性气胸。再晚上几分钟，他就会心搏骤停。"我说得够明白了。引流管仍在冒气泡，所以我的判断是正确的。它最终会停止冒泡，但在此之前，引流管必须保持在原位。医学不容半点闪失，看似微不足道的细节就能决定生死。最坏的情况一旦发生，就没有回头路了。

我又用听诊器听了听，能听到正常的呼吸音了，呼吸机的声音也正常了，通气不再受阻。我问：

"他上一次做胸部 X 光是什么时候？"

伊斯梅尔回答："昨天下午。"

"现在请再做一次。"这意味着我必须在巴尼特综合医院至少等待一个小时才能看到结果。但我还能做什么呢？我有些气恼。

这时，重症监护室的一位医生走过来打招呼。她看起来有点面熟。接着是绕不开的对话，她说幸好我周末来到这里，帮了他们大忙，以及我竟然能够通过一次手术修复好主动脉，并解决创伤性脑出血。

"你真的很了不起。"她说道。伊斯梅尔点头表示同意，我也兴奋起来。"不知道你是否记得我，你在皇家布朗普顿医院工作的时候，我也在那儿。"她接着说道，"我是一名胸内科主治医师。有一次我们请你去看一个病人，你来的时候穿着布罗克勋爵手术靴。当时有传闻说你在一次长时间手术中用一根橡胶管子在靴子里排尿。"她向伊斯梅尔解释道："我们都觉得这太好笑了。"她能用"排尿"这个词，一定是上流人士，我暗想。在斯肯索普，没有人会说"排尿"。

她说得没错。那天是圣诞节，住院医师们聚在一起喝了点啤酒。晚上突然送来一位从冰岛来的主动脉破裂患者，我思考了很久，怎样才能够在手术台上坚持数小时，辅助我那脾气暴躁的德国老板完成这台手术。机智帮我克服了困境，而那个喝醉了的高级住院医师出尽了洋相。

"看来你还在胸外科，"她继续说道，"你似乎非常适合这个领域。"

我不知道这是一种侮辱还是一种赞美。年轻时打橄榄球的日子在记忆中已经有些模糊了。我甚至怀疑，在某次派对之后，我是不是与她发生了关系，只是不记得了。所以我尽量保持低调。

"哦，我当然记得了。"但实际上我并不记得。"我现在在黑尔菲尔德医院工作，但很快我就要去美国专攻心脏外科了。我也很喜欢创伤外科，它总是带来新的挑战，尤其在不同医院做手术，就像在不同战场上作战一样。"

我事后意识到这样说好像不太妥当。将那些地区综合医院比作战场有些冒犯，但在过去几天里，那确实是我的真实感受。而且显然我的手术死亡率会相当高。

"我叫西莉亚。一起喝杯茶怎么样？"伊斯梅尔还要坐诊，而我只能在这里干等，等待有人给患者做 X 光检查。所以我欣然接受了她的提议。借此机会，我回忆起了我在富勒姆路上那家著名医院学习的日子，那是我外科事业的起点。然而，我很快就明白了她与我搭讪的真正动机。她说："既然你在这里，你能否帮我看看另一位病人？"于是，我的美好下午化为了泡影。

患者住在重症康复病房，没有上呼吸机。尽管如此，这位嘴唇发绀的老太太直挺挺地坐在床上，张着嘴，气喘吁吁。在询问之前，我脑中迅速浮现出两个可能的诊断。首先是慢性支气管炎合并肺气肿，这是常年吸烟的常见后果。其次可能是肺癌，肿瘤扩散压迫气管，导

失望　093

致呼吸困难。在职业生涯早期，我发明了一种能缓解此类阻塞的装置，备受欢迎。它叫"韦斯塔比管"，制造于马萨诸塞州波士顿。顺便提一句，它并非我发明的最知名的管子之一！

西莉亚将患者的胸部 X 光片放在灯箱上，我们一同仔细观察。右侧肺几乎完全不透明，这是胸腔积液的表现，他们尝试过穿刺抽取积液和放置胸腔引流管以引流，但均失败了。这可怜的老太太确实患有肺气肿，左肺的影像学改变非常明显。她还患有严重的肺炎。右肺周围积聚的液体已经被感染，形成了我们所称的脓胸。脓液会凝固并包裹肺组织，导致其无法膨胀。这些问题使她出现了呼吸衰竭，生命岌岌可危。经过一段时间的抗生素治疗后，她脱离了呼吸机，但现在她的状况非常危急。

西莉亚开门见山。

"当我听说你要回来时，我就希望你能为这位老太太动手术。重新为她上呼吸机毫无意义，她将永远无法脱离呼吸机。如果你能帮她渡过难关，她的家人会尽心照顾好她，而且他们都戒烟了。"

这时，那位创伤患者的护士把刚拍好的胸部 X 光片递给了我。片子一切正常，但我已经有种不祥的预感。看来在汉普斯特德荒野散步的计划泡汤了，但我又能怎么办呢？我说："当然，我很乐意帮忙，但我不认为我们能在短时间内联系到手术室和麻醉师，而且……"我撒了个谎："我今晚还要回黑尔菲尔德医院值班。"

"其实这些我都考虑到了，"西莉亚说，"在你到达医院之前，我打听过你的排班了，并让她空腹等候，为可能的手术做准备。"她羞怯地冲我笑了笑。命运已经注定，我最好欣然接受。我回到那位奄奄一息的女士床边，握住她冰冷而汗湿的手，用典型的北方口音说："您好，亲爱的，我是来自黑尔菲尔德医院的医生。为了让您更舒服些，我们恐怕要做个开胸手术，您可以接受吗？"她憋气憋得没法说话，用力点了点头。几次艰难的喘息后，她问："你认为我能下手术台吗？"老实说，我不知道，但我应道："当然能，之后您可得请我喝一杯。"她松了口气，虽然还在喘息，但没那么紧张了。我们最好尽快让她入睡。

当我关好她脆弱的胸腔，回到休息室时，已经是晚上 8 点半了。那时我只有一个念头。如果萨拉在值夜班，这时应该还在医院。于是我拨通了护士站的电话，等了好一会儿，才有人接电话，我迫切希望听到她的声音。然而，我听到的是："您好，急诊科。我是艾丽斯，有什么可以帮您？"

"请问麦克杜格尔护士在值班吗？"我得到的答复简单粗暴："不，她今天上早班。按照排班表，她明天才上晚班。"电话随即被挂断。

忐忑不安的我又拨通了她在护士宿舍的电话。我之所以不安，是因为我不知道当得知我要去找她，她会作何反应。

巴尼特离皇家自由医院不过 15 分钟路程，此刻的我就像被萨拉这块磁铁吸引的铁屑。我本该在 5 个小时前就去找她。接电话的是她的一个室友，我认识她。我能明显感到她不太喜欢我。她告诉我萨拉已经出门了，我可以想象她脸上幸灾乐祸的表情。

她知道萨拉去了哪儿吗？我敢问是和谁在一起吗？

"和一个男人。"她直言。

于是，我带着疲惫和失落，启程返回黑尔菲尔德医院。当我与总机确认时，又有一个"好消息"等着我。

"你在威科姆医院的病人去世了。"

失望　095

文化冲击

>挑战使生活充满乐趣，而战胜挑战让生活富有意义。
>
>——乔舒亚·J. 马林

1980年新年前夕，上午10点50分，我从希思罗机场起飞，离开了我在乎的每一个人。那时我几乎没有什么选择余地，那是我憧憬已久的机会，我希望它能成为我外科职业生涯的里程碑。下午晚些时候，我踏上了伯明翰机场的停机坪。这里并不是深冬时寒风凛冽的英格兰伯明翰，而是湿热的美国南方城市，亚拉巴马州的伯明翰。

对于即将生活和工作的这座城市，我了解多少呢？重要的是，这里拥有世界顶级的学术型心脏外科中心——亚拉巴马大学伯明翰分校医院。20世纪50年代，约翰·柯克林首次成功将人工心肺机应用于心脏直视手术，他是现代心脏外科的重要奠基人之一。几年前他离开梅奥诊所，来到这里工作。正是因为这个原因，我只身拖着一只塞满旧衣的破行李箱来到了这座城市。除了这一著名的医疗中心，伯明翰也是一座工业城市，就像童年时我的家乡一样。在伦敦和剑桥待了这么多年后，我仿佛重返故里。

年少时受新闻报道的影响，我对伯明翰的了解比大多数美国城市都要多。那个年代，这个城市作为美国种族隔离最严重的地方而恶名远扬。它是众所周知的白人至上主义者的堡垒，也是民权人士反抗种族歧视的战场。在一次暴力示威运动中，马丁·路德·金被捕。他在狱中写下了那封著名的《伯明翰监狱来信》，作为对要求他停止游行的当地白人牧师的回应。那次游行中，警察以无情的暴力对待示威者，造成了流血事件。这封信随后被泄露，连同揭示对示威者残酷暴行的图片一起传播开来。时任亚拉巴马州州长乔治·华莱士坚决捍卫种族隔离制度，并得到了最激进的三K党分支的支持。当时，黑人家庭和教堂经常遭到爆炸袭击，令这座城市获得了"亚拉巴马州爆炸城"的诨名。

我还记得年少时在文法学校学到的一起臭名昭著的事件。1963年，美国联邦法院已下令亚拉巴马州所有公立学校实行种族融合。伯明翰第十六街浸信会教堂是当时包括马丁·路德·金在内的民权人士定期聚会的场所。教堂内，孩子们正在上主日学校；教堂外，许多非裔美国教民正在阳光下虔诚地做礼拜。就在这时，一枚炸弹被引爆，碎裂的玻璃和砖块无情地袭向会众。大多数大人被疏散了，但教堂随后坍塌，弥漫着烟尘。大约有20名伤者被送往医院，然而4名黑人女孩的生命却永远定格在了教堂地下室的瓦砾下。

这是短短两周内三K党实施的第三起爆炸袭击。当成千的愤怒的亲属聚集在教堂周围抗议时，华莱士派遣了州警察。极端暴力在伯明翰蔓延，又有两名示威者被枪杀，直到美国政府派遣国民警卫队介入，暴乱才平息。最终，生命的损失促成了具有里程碑意义的1964年《民权法案》。

从机场出来后，我打车前往市中心的亚拉巴马大学伯明翰分校医院，接着就是马路对面的希尔顿酒店，那是我初到伯明翰那几天的住所。出租车司机是个健谈的家伙，似乎很喜欢我的英式口音。我问他是否参与过那些民权示威活动。没想到，他不仅参与其中，还曾与一名丧生的孩子的父母有过接触。感动于我对这件事的关注，他掉转车头，带我去第十六街看看那座教堂，如今它已重建为一座纪念馆。

在我看来，尽管如今种族隔离已在制度上废除，但仍然不难感受到其存在。在朋友的建议下，我在远离喧嚣市中心的霍姆伍德的白人社区租了一间公寓。一位新朋友送了我一把左轮手枪，让我放在破旧的丰田卡罗拉的手套箱里，因为我经常要在夜间开车往返医院。这增加了一些浪漫色彩。我在贫民区的爵士酒吧和地下酒吧度过了许多愉快的时光。这里的人似乎对英国南方口音很感兴趣。而且不出所料，"爆炸城"对一个有志于创伤外科的人来说是个理想之地。

在柯克林医生的科室里工作非常辛苦。每天早上5点，我就要参加重症监护病房的查房，早上7点已经准备上手术台了，晚上还要泡在实验室里忙到深夜。鉴于我有生物化学学位，我被分配了一个项目，研究心肺机表面物质与患者血液发生相互作用引起炎症反应的化学机制，这种反应有时会威胁患者生命。这项工作包括将合成材料与人血放到试管中进行培养，然后寻找相互作用所产生的炎症反应触发因子。这项工作很重要，当我在柯克林医生的心脏手术患者中发现了同样的物质时，研究取得了重大突破。事实上，手术结束时患者血液中的炎症标志物浓度与患者术后出现肺损伤或肾损伤的可能性密切相关。然而，毫不奇怪，实验室的工作常常是枯燥乏味的。我常常把血样交给技术人员处理，然后悄悄溜到急诊接待区，看看哪些护士在值班，并加入其工作。

很快我就意识到,这里的创伤护理水平远超我的国家。柯克林不仅是心胸外科主任,还是整个外科的主任,而且我感觉他的所有科室都拥有无尽的资源支持。在这座城市的重工业和种族冲突的背景下,创伤救治本身就是至关重要的专业领域。美国人通过朝鲜战争和越南战争积累了丰富经验,其外科军医在战争中获得了大量手术经验。配备军医的直升机在亚洲战区是必不可少的,而在美国大多数州,它们也已成为创伤患者长距离转运的首选。早在 1973 年,美国国会就通过了《全国紧急医疗服务系统法案》,确立了民用直升机伤员转运机制,并在全国培训了大批急救技术人员。这些举措给我留下了很深的印象。在创伤救治中,时间就是生命。

1981 年,美国的创伤中心和英国国家医疗服务体系下的医院急诊科有什么不同呢?换个问法,如果有一位因多发创伤血流不止的垂危患者被送到医院,他应该由一位正忙于救治哮喘患者的初级医生治疗,还是由一名在越南战场上久经沙场的外科医生治疗呢?答案显而易见。创伤是英格兰地区各个年龄层最主要的死亡原因之一,每年因创伤死亡的患者超过 16 000 人。这一背景下,国家医疗服务体系的创伤救治方法可以接受吗?一个更好的体系能够拯救多少生命呢?

有一天,我在浏览急诊科的书架时偶然发现了一本名为《伤员最佳医院资源》的手册。这本手册是 1976 年出版的,涵盖了创伤救治的各个方面,详细规定了创伤患者从院前急救到送抵急诊室所需的人员和设备配置。更重要的是,这些措施是有效的。这本手册出版五年后,美国各地建立了专业的创伤救治机构,将严重创伤患者的死亡率降低了 25%。对一个饱受种族冲突和枪支文化困扰的工业城市来说,一所创伤中心的意义绝对不小。

一个闷热的夏夜，我正在接待处吃着冰激凌，突然，墙上的红色电话响了。简单几句话便让整个团队进入警备状态。

"直升机将在十分钟内降落。患者处于休克状态，头部和胸部有多发枪伤。"

几分钟后，心胸外科和神经外科值班住院医师提前到达，做好迎接患者的准备。回想自身的经历，当我被召唤到偏远的综合医院时，那些危重创伤患者已经苦等了数小时，真是鲜明的对比。

美国有一项既定原则，即在直升机转运穿透伤患者的过程中不予补液。这一原则基于战时经验得出，理由非常明确：若患者没有迅速大量失血，其身体会进入一种微妙的平衡状态，血压下降和身体自身的凝血机制共同阻止了危及生命的出血，此时如果为患者输液以提升血压，只会破坏这种平衡。甚至有一项在华盛顿特区发表的学术研究表明，与能提供高级生命支持的救护车相比，由私家车送往医院的穿透伤患者最终存活的概率更高。这是个可悲的事实。

几年后，当美国外科医师学会在"高级创伤生命支持"（Advanced Trauma Life Support，ATLS）方案中倡导院前救治时，这一问题在英国引起了极大争议。该方案建议，在院前救治阶段，应对低血压创伤患者进行积极的静脉液体复苏。这里的"低血压"指血压低于100毫米汞柱。然而，从心脏外科角度来看，这个血压远不足以威胁生命。

在职业生涯后期，当我开始撰写关于院前救治的教科书时，我也参与了相关讨论。在1999年出版的《心胸外科创伤》一书中，休斯敦著名创伤外科医生肯·马托克斯曾写道：

> 对穿透性胸部创伤患者来说，与手术前再补液的延迟液体复

苏相比，在院前救治阶段进行液体复苏会产生不利影响，而这些数据似乎也适用于钝性胸部创伤患者。

在急诊室急救阶段，宝贵的时间不应该用来增加胸部创伤患者的"容量负荷"。这种积极的液体复苏会增加肺水肿和肺实变的风险。这一阶段，应有意识地控制液体输入量，避免液体超负荷，因为过于积极的液体复苏会导致多种并发症。

这一观点是多年来奋战在创伤救治前线的马托克斯，基于自己在军队与民众中的创伤救治经验得出的。这让我回想起了那个漫长的周末。等我抵达医院时，患者体内已经充满了冰冷的液体，其血液无法凝结。作为他们的主刀医生，最终责任要由我承担。胸部创伤的救治本身已困难重重，而错误的救治原则使其难上加难。每当这个时候，我都感到无比沮丧。

那天晚上，还有一点让我感触颇深。患者抵达前，负责操作全身CT扫描仪的放射技师在做迎接患者的准备。CT即计算机体层成像，是X光成像与计算机科学结合的产物，可以提供身体横断面图像。20世纪70年代，英国EMI公司的科学家发明了这种技术，彻底颠覆了传统的大脑和体腔内部的诊断模式。

1971年，世界上第一台CT扫描仪被安装在了伦敦北部的诺斯威克公园医院，但英国国家医疗服务体系在推广这一设备方面进展缓慢。与此相比，梅奥诊所和马萨诸塞州综合医院迅速将这一设备引入美国。到1979年，当CT扫描技术的发明者获得诺贝尔奖时，已经有200台CT扫描仪被安装到美国的医院里了。那时我已在伦敦和剑桥的知名教学医院工作多年，却还从未见过一台CT扫描仪。主要原因是成本高昂。然而对创伤和癌症患者而言，CT技术意义非常重大，它有助于我们更快进行诊断，确定手术时机。

那晚我激动不已，像个孩子一样爬上屋顶，只为目睹直升机的降落。对我来说，那一刻是我在美国的高光时刻，我见证了比我的国家领先了几十年的光景。在亚拉巴马州，用直升机转运枪伤患者不过是对越南战争时期抢救生命的经验的延续。信息非常明确：将危重伤者尽快送到手术室，而不是在街头就地救治。手术室才是救命的地方。过去如此，现在亦然。

这名患者被送来时浑身都是枪伤。躯干有四处枪伤，头部有一处，但他仍能自主呼吸，其血压也可以被测到。他还活着，说明子弹没有击中胸部主要动脉，也避开了维持他呼吸的脑干。他被紧紧固定在担架上，从直升机上被抬下来，转移到担架车上。路上的每一次颠簸都让他发出痛苦的呻吟。接着，他被推进了停机坪上直通急诊室的直梯，创伤团队在那里等候着他。整个过程按部就班地进行。抵达急诊室后，麻醉师在他左臂上建立了一条静脉通路，与此同时，身着医用围裙、佩戴橡胶手套的护士和急诊室技术员剪开了他身上浸血的衣服。他是位非裔美国人，因而难以通过肤色来判断失血情况。但他有出汗、发冷的症状，脉搏快而弱，从腕部几乎难以感知。

从为他脱去血衣后露出的入口伤口来看，他是被低速子弹从背后近距离射中的。另一颗子弹从右耳上方射入，穿过他的颅骨，最终在额头顶部爆裂形成出口伤口。即使是我，也能看出他当时在努力躲开一个决意杀他的攻击者。我好奇，那个人会是警察吗？但这并不重要，他是圣人也好，罪人也罢，救治流程都是一样的。

第一根静脉通路的作用是镇静，让他不再躁动，便于我们进行之后的抢救。毫无疑问，麻醉剂进一步影响了他的血压。巴比妥类麻醉药注入后，他的血压值随即被大声宣读给在场所有人。

"右臂血压 70/40 毫米汞柱。"

"没问题，"麻醉师回答，"再开放一条静脉通路，我完成麻醉插管后做颈内静脉插管。"

那意味着要在被打结的头发和黏糊的血块遮盖的头部伤口周围进行操作。只见麻醉师抬起患者的方下巴，手持喉镜，熟练地将弯曲的喉镜片置入口腔，沿紫色舌体抵达舌根与会厌交界处，上提喉镜，间接拉起会厌，显露声门。声门正下方的声带清晰可见，等待着坚硬的气管导管插入其间。操作正确的话，带有可充气套囊的塑料气管导管能够保持气道通畅，确保肺部有足够的氧合。希望如此。

由于右肺创伤，大量气体进入血循环，患者胸腔内充满了泡沫状血液。用听诊器听诊发现，左肺呼吸音正常，而右肺呼吸音完全消失。这种情况下，只有通过放置胸腔引流管将右侧胸腔内的血液和气体排空，才能促使右肺复张。有人再次宣读了患者的生命体征。

"血压 60/35 毫米汞柱，心率 118 次 / 分。"

"好，用加温器为他输一些 O 型阴性血，"深思熟虑后，创伤团队负责人给出了回应，"现在先不要补液，先通过输血将血压调整到 80 毫米汞柱，暂时不要更高。"

这袋血的作用立竿见影。患者的血压升到了一个合适的水平，表明他没有心脏压塞。人们可能以为任何与心脏有关的枪伤都会迅速致命，但根据我的经验，情况并非总是如此。我记得曾接诊过一个年轻人，一颗手枪的子弹直接穿透了他的心脏，停在了对侧胸壁。心脏压塞救了他的命，因为他在入院前没有接受液体输注。我缝合了两侧的伤口后，他恢复得很好。

我感到那位被指派为患者放置胸腔引流管的住院医师是个新手，他正紧张不已。坦白说，他完全不知所措。在患者已经失去意识的情况下，他仍要求进行局部麻醉，而且也不确定该从哪里下手。"我来帮你吧。"我客气地提议，他欣然接受了。几秒钟内，我就用手术刀做好了切口，将带有穿刺针的引流管置入胸腔深部，远离心脏。一拔出穿刺针，胸腔内的血液和空气就顺着引流管流到了引流瓶中，患者的呼吸音变得清晰起来。整个救命操作只用了两分钟。"看来你以前做过。"麻醉师评论道，他对我一无所知。

患者很快就有了好转的迹象，但胸腔引流管里还是不断有血液和气体排出。还有一个紧迫的问题需要解决：头部和胸部的枪伤。应该先处理哪个？他的头上除了鲜血，还有灰色的脑组织碎片。他的左侧瞳孔比右侧大，提示脑组织受压。不过，用手电筒照射双眼时，瞳孔还会收缩，这是个积极信号，表明最重要的脑干功能是正常的。

情况稳定一些后，是时候评估他的伤势了。我们不仅可以依靠我习惯的X光片，还能用时髦的CT扫描仪生成立体图像。几分钟获得的图像可以精确显示子弹的路径、造成的伤害及其停留的位置。然后，外科医生就可以清晰地规划治疗方法。这与我在英国只能凭想象开"潘多拉魔盒"般的治疗方式截然不同。CT扫描仪将揭示创伤情况，并指引我们如何应对。

随着深蓝色血液从胸腔内不断被引流出来，他的血压又开始下降了。因此，即使CT扫描结果还没出来，先做胸部手术已成必然。毕竟，不论扫描结果如何，首要问题都是控制出血。等不及CT片子出来，胸外科医生和患者已经在去往手术室的路上了。

我受邀以第一助手的身份参与手术。另一边，那名住院医师正在把一张张CT片放在观片灯箱上。那是我第一次看到CT片，真是大开眼界。那根胸腔引流管已将大部分血和气体排空，使肺得以复张。那几颗低速子弹穿透组织后在胸腔内弹开的路径也清晰可见。其中，两颗子弹的位置很清晰。一颗在打碎一根肋骨后碎裂开来，散落在胸腔里，还有一颗落在了横膈上。奇怪的是，患者后背还有一处入口伤，子弹射入时击碎了肩胛骨，但在头部、颈部以及胸部的CT片上都找不到这第三颗子弹的踪影。患者身上也找不到相应的出口伤。这非常奇怪，甚至有点诡异。

打开胸腔的过程就像是打开一只蛤蜊，也像是掀起汽车引擎盖，排查发动机故障。我们一打开胸腔，鲜血就哗哗流入吸引器中，紧接着是紫红的血块，像蛇一样悄无声息地从胸腔内滑出，落到了手术室的地板上。我们让麻醉师先封堵患者的右肺，进行单肺通气，使损伤的右肺萎陷，体积缩小，以更充分地暴露术野，探查出血点。正如我们预想的那样，他的心脏和主要动脉似乎都完好无损，但肺根部有明显出血。一颗子弹击穿了将血液从肺部输送回左心房的两根主要静脉中位置靠下的那根。由于该静脉血压较低，失血速度相对有限。此外，修复起来也很容易，只需几针就可以解决。值得庆幸的是，肺组织大部分出血已经自行停止，这就是让他自身的凝血机制发挥作用的好处。

成功取出两颗子弹后，我突然想到了第三颗子弹的下落。那颗"消失"的子弹进入血管后随血流不断移动。早年在纽约哈勒姆的一家医院工作时，我第一次遇到了这种"子弹栓塞"现象。眼下这位患者的情况是，子弹随血流由肺静脉进入左心房。接着，它通过二尖瓣（或称"僧帽瓣"），进入负责泵血的左心室。左心室心肌强大的收缩力能将异物从主动脉瓣射出，进入动脉系统。然而，因为体积过大，许多异物无法进入脑血管导致人中风。它们往往继续随血液循环前进，直到阻塞下肢动脉。果不其然，当想到这一点时，我们发现他的右腿摸上去比左腿更凉，且动脉搏动消失。那是我职业生涯中处理的唯一一例子弹栓塞。最终，我们在腹股沟处做了个小切口，将这颗子弹取了出来。

尽管找到这"消失"的最后一颗子弹很重要，但眼下更要紧的是为肿胀的大脑减压。现在，胸部创伤不太可能威胁他的生命，但头部枪伤却很有可能。根据入口和出口伤口的位置判断，那颗子弹可能穿透了他眼睛上方的多个脑叶，但没有越过大脑中线。更重要的是，子弹避开了脑干和重要血管。那位开朗的神经外科住院医师表示，这类患者中有九成在到达医院前就会死亡，而那些活着到达急诊室的，仍有一半会丧命。这再次证明了他是个幸运的人，如果救治得当，他一定能活下来。

第一次看到脑部CT图像的感觉十分奇妙。我的眼前仿佛展现了一个真实比例的大脑模型，完美复刻了所有的脑叶和褶皱，创伤也清晰可见。屏幕上呈现出一个头部的椭圆截面，周围是明亮可见的破碎颅骨，内部则是灰色的脑组织。其中，一道像飞机尾迹一样的模糊线条揭示了子弹进入头部到最终离开的路径。入口处下方，明亮的骨片穿透了灰色的脑组织。而出口处下方，则散布着较大的骨片，子弹从这里穿出，像一束穿云而出的阳光。遭受创伤的大脑竟能呈现如此美妙的艺术感。

所谓的"飞机尾迹"，实际上是神经组织内的血块。而在出口伤口下方，有一团血液积聚明显改变了脑部结构。这种硬膜下血肿导致患者出现了瞳孔不等大的问题。传统头颅 X 光无法清晰地展示这种病理变化,而在这张经过计算机处理后的图像上,情况一目了然。

对我而言,大脑就像是一个盛在瓷盘里的果冻块。不同于其他部位,大脑在手术中不需要切割或缝合,而是在颅骨上开骨窗,小心翼翼地将其下牛奶冻般的灰色或白色脑组织碎片吸出。对这位患者来说,他的大脑更像是破碎的草莓果冻。除了那块血肿,CT 片还显示他的脑组织肿胀明显,需进行手术减压。所谓减压就是在颅骨上选取合适的位置,钻出多个小孔,用开颅锯小心地将它们之间的骨骼切开,再将骨瓣铣开,减轻颅内压力。取下的骨瓣会被妥善保管在冰箱中,待脑组织肿胀减轻后再放回原位。当然,前提是患者能够活下来。他入院时处于半清醒状态且有自主呼吸,提示预后良好。入院后的急救措施及时而审慎,避免了增加颅内压力。子弹导致的右脑损伤可能导致患者左半身运动或感觉受限,但其他大脑功能,包括认知、记忆、语言和视觉由左右半球共同控制,如果减压手术效果理想,这些功能应该不受影响。

神经外科医生与心脏外科医生的个性截然不同。我以前常将我们心脏外科医生称为特种部队,而将他们称为情报部队。我非常渴望能近距离观察脑部枪击伤,于是在手术室里待到了凌晨。手术过程有点像打开一个半熟的水煮蛋,让蛋黄流出来。只不过这个蛋黄是红色的,而破碎的脑组织则像米布丁一样。这样的操作不能用手术刀,只能用吸引器完成。医生要将损伤的灰质小心地剥离出来,同时保留剩余组织。看着眼前这团脑组织,我不禁好奇,在被子弹击中之前,里面流淌着怎样的思绪。

清创完成后,主刀医生用生理盐水将大脑表面冲洗干净,对每处出血点进行电凝止血。这与我习惯的惊心动魄的胸部手术完全不同。

我现在已经没有时间返回霍姆伍德再回来了。于是在车后座休息了大概一小时后，我就回到了医院。我在外科医生更衣室冲了个澡，换了件手术衣，开启了新的一天。这是我职业生涯的日常。每天都有形形色色的病例等着我去学习，睡觉简直是浪费时间。

一闲下来，我就会开始胡思乱想。支离破碎的生活究竟给我留下了什么？我想到了我的女儿杰玛，想象着她此刻在遥远的剑桥享用早餐的情景。之后我又好奇萨拉此刻会在做什么。那里应该处于上午10点左右，她或许正在急诊科上早班，抑或刚结束一个漫长的夜班。至于其他可能性，我不愿去想。毕竟选择离开的是我，而我无法将她束缚在修道院里。她绘声绘色地向我描述抢救那位头部枪伤患者的情景还历历在目。旁人都认为已无力回天——尽管他们确实是正确的——但她依然选择放手一搏。我好奇在她忙碌的伦敦生活中，她是否想到过我，还是已经开始了新的生活。或许她遇见了另一位医生，或者是一位富有的银行家。这是她的人生，我不应该再纠结于此。我走向了手术室，开启了在亚拉巴马又一个忙碌的一天。

伯明翰有什么不同之处呢？在伦敦的一家医院里，在患者入院后的一小时内，相继完成紧急开胸手术和开颅手术的概率有多大？以我的经验来看，概率几乎为零。这让我想到一个令人不安的类比。一边是身强体壮、训练有素的亚拉巴马大学橄榄球队，正按战术安排组织进攻；另一边是我们医学院狼狈的橄榄球队，刚经过酒吧的彻夜狂欢。亚拉巴马大学的"红潮队"是全美最负盛名的橄榄球队之一，在美国大学橄榄球联赛中表现优异。我经常在医疗中心附近的健身房里观看他们啦啦队的训练。拯救生命从来不是业余爱好者的游戏。我想这很好地概括了我在这里学到的工作态度。我将带着这样的态度回到伦敦，完成我所谓的规培。

之后，我迎来了职业生涯最重要的转折点。那是1981年7月24日，星期五的上午5点30分。去重症监护室查房时，我发现住院医师们都围在一位病人床前，病人已经奄奄一息，空气里却蕴含着莫名的兴奋。这让我很好奇。原来，前一天晚上，在得克萨斯心脏研究所，登顿·库利博士完成了世界上第二颗全人工心脏的植入。当时，距离第一例全人工心脏植入的失败已过去整整14年了。其间，不同研究团队曾对这一手术有过巨大争论。不管怎样，我都决定亲眼见证这历史性的突破。于是，当晚我便搭乘航班通宵赶往休斯敦。

破晓前，我从机场搭乘夜间巴士，经过渐明的地平线，来到了恢宏的得克萨斯医疗中心。终于，我找到了此行的目的地——得克萨斯心脏研究所。趁天还没亮，我在接待区将几把椅子拼在一起，稍作休息。星期六的早上6点，一位接待员走过来，友好地询问我是否需要帮助。她可能以为我是个流浪汉，因为我看起来确实有些邋遢。于是，我骄傲地用我最标准的英式口音告诉她，我是来自伦敦的心脏外科医生，特地来拜访库利博士并看望他的人工心脏植入患者。我还特地提到我和库利博士都曾在伦敦的皇家布朗普顿医院受过培训，我相信他会很高兴见到我。

她回答说："真巧，库利博士刚从你身后的大门进去。"

就这样，来自斯肯索普的闯入者遇见了世界上最著名的心脏外科医生。他高大、英俊、威严，完全符合心脏外科医生的形象。而且他彬彬有礼、善解人意。我对他说，我在与可敬的柯克林医生共事，并且我们都曾在富勒姆路二尖瓣切开术的先驱——奥斯瓦尔德·塔布斯手下担任住院医师。他表现得饶有兴趣,尽管那感觉已经是很久前的事了。

库利博士亲切接待了我。尽管是周末,他的秘书早上6点半就到了,并为我们沏了茶。随后,他带领我参观了配备100张床位的重症监护室、拥有24间手术室的手术中心,以及他的博物馆。我们还一起合了影。我被迷得神魂颠倒。到了下午,病人的情况变得不太乐观。植入他体内的巨大装置不仅破坏了红细胞,还压迫和阻塞了肺静脉,导致了我们所称的肺水肿。为了改善患者的氧合并维持血液循环,医生们还采用了一种叫作体外膜肺氧合的新技术,为患者在等到合适的供体前争取时间。不用说,库利博士很灰心,但他仍抽出时间打电话给一位体外循环灌注师,请这位迷人的女士在晚上带我逛逛休斯敦。计划总是赶不上变化。当晚,合适的心脏供体出现,移植手术随即开始,她被召回医院,我也得以初次目睹安装在胸腔内的全人工心脏。我被眼前的景象深深吸引了,甚至觉得可以不坐飞机直接飞回伯明翰。但遗憾的是,与第一次一样,这次治疗以失败告终。不到一周,患者就因心力衰竭去世了。尽管如此,几周后,在美国、苏联、中国、日本等国家,新的人工心脏项目陆续涌现,唯独在英国没有。正是在那个时候,犹他大学人工心脏工程师罗伯特·亚尔维克在《科学美国人》杂志中写道:"如果人工心脏要实现其目标,它必须不仅是一个血泵,仅能用、耐用、可靠是不够的,它必须让人忘记它的存在。"换言之,人工心脏应不影响患者的生活质量。这是个非常高远的目标,也是我矢志不渝的追求。而在之后的职业生涯里,我与得克萨斯心脏研究所结下了不解之缘。最终,我有幸获得了他们授予的最高荣誉——雷·克林顿·菲什科学成就奖,柯克林博士也曾获此殊荣。

亚拉巴马州的秋天魅力非凡，到了夜晚依然温暖宜人。许多麻醉护士和手术技术员都住在医院附近。我们时常在泳池边相聚，畅饮至深夜，直到凌晨5点才回到医院参加早查房。1981年10月下旬，我受邀参加田纳西州查塔努加的一场学术会议并发表演讲。结束后，几位住院医师驾车载我回伯明翰。他们不想让我错过当地绮丽的乡村风光。我们从卢考特山一路向南，穿越峡谷与奇特的岩石地貌。一片片亮黄的白杨树、绯红的山茱萸、橙红的枫树和金黄的山胡桃树美不胜收，让我如痴如醉。它们的叶子纷纷落下，给大地铺上了美丽而温暖的地毯。那一刻，能领略这奇妙的自然，我感觉为挽救生命，付出再多都是值得的。我问自己："我真的要舍弃这一切，返回伦敦吗？"

而后，另一件奇事发生了。萨拉来了。这不是她第一次来美国，她有位表亲在华盛顿，她之前去拜访过。但她不是来度假的，而是有别的目的。虽然她从未跟我说过，但我能感觉到她正面临重要的人生抉择。因此，当我想在机场拥抱她时，她下意识地退了一步，避开了身体接触，哪怕是一个吻。她的肢体语言表明她对我很生气，并且我能感觉到，她可能有了新的亲密关系。她此行就是为了和过去做个了断。这位在美国的花花公子式的外科医生对她意味着什么？因为我无休止的职业追求，她已经失去了一个家和一个安稳的未来，之后我又突然消失了。在伦敦的深冬，我抛下她，带着一只塞满衣物的箱子和我在汉普斯特德那座阴森的医院大楼里拍的照片，只身来到了美国。可惜她太了解我了。她知道我会在美国一所心脏中心的"象牙塔"里打转，整日被一群热情的护士们包围着，操着一口高贵的英式口音，做个人见人爱的浪子。其实那时我早已没了斯肯索普口音，不过在湿热的美国南部，这并不重要。

文化冲击

从机场到我的公寓需要一小时车程。我们先要穿过市中心和工业区，然后经过宏伟的医疗中心，最后翻过"小山"，抵达曾是南方邦联据点的霍姆伍德。

"这里和北方很不一样。"她低语道，目光从我身上移开，转向窗外。"你在这里有女朋友吗？"她问，仿佛在担心可能会发现什么。"没有。"我说。某种程度上讲，这是事实。我是一个机会主义者，总要抓住任何机会。现在一些人也许会将这称为多角恋，但我也无法想象萨拉这样的女人会一直保持独身。她看起来依旧迷人，尽管我感觉她瘦了些许。第一次，我的额叶被心脏手术以外的事占据——虽然并不是蠢蠢欲动的欲望之火。夜幕降临，我们坐在星光下叙旧，品味着加利福尼亚霞多丽葡萄酒，逐渐平静下来。

第二天是万圣节，我受邀去南边的蒙哥马利观看奥本大学对阵路易斯安那州立大学的比赛。我热爱美式橄榄球，享受场上无处不在的激烈冲撞与粗暴的力量对抗。太阳一升起，我们就一起出发了。天气很温暖，我们的对话似乎也温柔了些。也许这是我们第一次真正一起做一件事。比赛结束后，我继续驾车前行。我想与她分享亚拉巴马秋日如画的乡村风光。这多少会成为她此行的难忘记忆。于是，我们穿越橡树山州立公园，沿65号州际公路向莫比尔进发。明亮的蓝天下，无尽的林荫大道披上了琥珀色和深红色的新装。我很清楚自己在做什么。我内心深处的心理学家决心再次吸引她，我驶向了佛罗里达，之后左转，那里有瑰丽的墨西哥湾海岸线。

我打算在日落前到达沃尔顿堡海滩。洁白细软的沙滩一望无际，温暖的海水碧绿如洗，我知道这会勾起她在肯尼亚海岸的美好回忆。在马林迪她总像个假小子，在酷热的阳光下和父亲一起捉马林鱼。

我怀疑可能有个家伙正急切地盼着她回到汉普斯特德，所以这是最后的机会了。海滩是重获她芳心的绝佳地点。如果成功了，今后我一定要好好待她。

"我们要去哪儿？"萨拉问。

"我不知道，"我回答，"但只要你在我身边，其他我都不在乎。"

典型的夏洛特·勃朗特作品中的情节，但或许有人会说是伊妮德·布莱顿的风格。哪一种更浪漫？是在墨西哥湾欣赏耀眼的深红日落，还是在雨夜的伦敦贝尔塞斯公园过万圣节？更何况，我的皮肤已在南方烈日下晒成了古铜色，还同啦啦队一道健身，练就了一身肌肉。当然，这是萨拉的生活，她有权决定和谁一起过怎样的生活。我只能引导她走向我这边，仅此而已。如果我希望自己将来成为一名备受尊敬的外科医生，现在就应该和过去那个肆意践踏他人生活的自己做个了断。我已经给别人带去了太多痛苦，对此我深感懊悔。

那天晚上，我们手牵手漫步在空旷的海滩上，听海浪拍打沙滩的声音，看火红的夕阳缓缓沉入大海。

"你看过《飘》吗？"我问。

"不，我应该没看过。"她低声说，好像期待我说出一番深刻的话。

"我也没有。"我可怜兮兮地开玩笑道。虽然这是个谎言，但她笑了，打破了僵局。我们度过了愉快的一天。她更平静了，愤怒也消退了。很快，天色渐暗，海面上只剩下几艘渔船，和远处德斯廷港的点点灯光。"我们现在离霍姆伍德有250英里，"我道，"开车的话最快也要四个小时。要不要找个酒店？"萨拉点了点头。除了"一间房还是两间房？"，我还能说什么呢？

后来，我成功地找到了"灌注后综合征"的病理基础，以及人工心肺机中引发致命"全身炎症反应"的异物。当心肺机零部件制造商们去除了尼龙材料后，心脏手术一夜之间变得更加安全，无数生命得以挽救。人们有没有意识到这一发现的重要性呢？当时并没有，但我受邀就这个发现在多个美国顶级心脏中心发表演讲，包括约翰斯·霍普金斯医院和梅奥诊所。不可避免地，人们问我是否会留在美国，从职业发展的角度来看，这很有诱惑力。但我不能抛弃我的家庭。

华盛顿特区是我们飞回伦敦前的最后一站。萨拉将再次见到她的表亲，而我将接受一个长期以来的邀请——参观著名的麦德斯塔华盛顿医疗中心（MedStar Trauma Centre）。

美国之道

在你自诊为抑郁或自尊心低下之前,请确保你没有被浑蛋包围着。

——西格蒙德·弗洛伊德

1982年1月,整个北美都寒冷刺骨。连伯明翰也被大雪覆盖,陷入瘫痪。柯克林医生因而让手术团队入住医疗中心对面的希尔顿酒店。从霍姆伍德的公寓搬出来的我们也加入了我的同事,打算几天后返回伦敦。这个离别远超我的预期。

讽刺的是,我们计划在13日星期三出发,首段航程是从伯明翰到华盛顿国家机场,但不确定飞机能否正常起飞,因为跑道刚清理干净就又覆满了冰雪。此时距离我约定入职儿童医院[1]已经晚了一个星期。这次回国并不体面,因为我的姗姗来迟,其他人不得不替我完成工作。

事情还能变得更糟吗?当然。带着一丝忐忑出发后,当我们离目的地还有五英里时,飞机遭遇了颠簸,随即取消了降落。当时已经是

---

[1] 即现大奥蒙德街儿童医院,位于英国伦敦,是一家世界知名的儿童医院。

下午 4 点 05 分，舷窗外天色已暗，暴雪肆虐，这突如其来的变故让机上的乘客极度不安。我们并未被告知更多细节，只知道地面出了点状况，可能需要改道飞往巴尔的摩。然而，实际情况远比这差得多，这个通告完全是轻描淡写。几分钟前，本应飞往劳德代尔堡的佛罗里达航空 90 号班机撞上了第十四街大桥，坠毁于波托马克河中。当时，飞机从华盛顿国家机场起飞仅 30 秒，飞行高度 352 英尺，却突然撞上了大桥，撞毁了桥上的七辆车与 30 米长的护栏。四名驾车者当场死亡，另有四人严重受伤。之后，残破的机身冲破厚厚冰层，坠入冰冷的河水之中。

下午 4 点 07 分，紧急救援行动开始了，但由于路况恶劣且晚高峰道路拥堵，救护车花了 20 分钟才抵达现场。那时，机上 74 名乘客中的 70 人和五名机组成员中的四人已经遇难，只有一名机组成员和其他几名幸存者还在冰面上的机尾部苦苦坚持。但由于河岸上两英尺深的积雪和漂浮在河中的冰块，救援人员无法接近他们。

下午 4 点 20 分，当我们的飞机在空中盘旋等待降落时，一架美国公园警察的直升机英勇地在冰面上低空盘旋，试图将幸存者吊到岸边。无畏的路人也不顾危险跃入河中，尝试救援。不幸的是，两名幸存者最终没能活下来。其中一人无法从飞机残骸中脱身，最终随飞机一同被水淹没，另一名幸存者勇敢地游向其他人，想要施以援手，自己却在到达岸边前溺水身亡。

这次空难被归咎于飞行员的操作失误。两名飞行员都缺乏在冬季恶劣天气条件下飞行的经验。他们在离开停机位时就遇到了困难，而且忘了打开发动机的防冰系统。费了 49 分钟，飞机才滑行到起飞跑道。然而当机翼结了厚厚的冰时，他们徒劳地靠前方一架 DC-9 客机排出的废气来融化冰块。虽然当时他们犹豫过是否该终止起飞,但由于我所乘的飞机和其他几架飞机都计划在这条跑道上降落,他们最终决定起飞。

就在90号班机空难发生后半个小时,华盛顿地铁在联邦三角站发生了致命事故。因此,距离华盛顿最近的机场、通往市区的主要桥梁和最繁忙的地铁线之一同时关闭,使得这座大都市几乎陷入瘫痪。那天晚上,麦德斯塔华盛顿医疗中心非常繁忙。尽管延误了一小时,我们最终还是降落了。欢迎来到华盛顿。

我第一次遇到和蔼可亲的霍华德·钱皮恩——麦德斯塔的负责人——是在剑桥接受普外科规培的时候,那时他是伯明翰事故医院举办的创伤课程的主讲人。霍华德生于英国,他的父亲是一名澳大利亚的外科医生,曾在二战期间随英国第八集团军在北非作战。当我告诉他,我的父亲也曾随英国皇家空军在那里作战时,他邀请我下班后一起喝几杯。简而言之,我们有许多共同之处,相处得非常愉快。

霍华德在爱丁堡开始了他的职业生涯,随后前往伯明翰事故医院接受创伤外科培训,师从英国创伤外科泰斗彼得·伦敦。在那里,急诊外科团队高效的轮班制令他印象深刻,1972年移居美国后,他将伯明翰的这一运作方式引入了马里兰大学。后来的事情众所周知。得天时地利,他不仅是推动者,更是勇于破旧立新的颠覆者。

马里兰大学医学中心的创伤外科主任是魅力十足的心脏外科医生亚当斯·考利,其主要研究方向是休克。考利曾在欧洲战场为美国陆军服役。战场上的经历使他意识到,重伤者若能在一小时内接受外科医生的救治并止住出血,通常能够活下来。他将休克描述为"死亡过程的短暂停顿",而在那个时代,休克一旦发生,通常是无法逆转的。

回到美国后，军方给了考利一大笔资金，用于在巴尔的摩建立一所专攻休克创伤的研究中心。该中心吸引了各地的患者，许多人将这个有四张病床的小中心称为"死亡实验室"。"黄金一小时"原则也在此诞生。考利强调："如果你遭受重伤，你只有不到 60 分钟时间来寻求帮助。死亡不是即刻的，可能在三天或两周后才会发生，但在那一个小时内，你的身体会发生不可逆转的变化。"他说得没错。现场的紧急输血可以减缓病情的恶化，但输不含氧的液体是无法达到这一效果的。

随着创伤患者不断涌入，考利通过观察，得出了导致休克的复杂生理变化。简而言之，休克是全身组织的血流量降低和氧气供应不足所导致的。当失血引起血压下降时，血管壁上的感受器会触发外周血管的反射性收缩以作为补偿。自主神经系统的调控还会导致心率加速、出汗、皮肤苍白和身体冰冷。此外，静脉也会收缩，可能导致静脉导管难以插入。最后，由于血液循环受阻，血流变慢，氧被组织过多摄取，患者的皮肤会呈青紫色改变，我们称这种现象为发绀。

考利发现，对于健康人来说，失血量不超过血容量的 10% 是完全可以耐受的。其体内的补偿机制会从组织中吸收液体来恢复血容量，一般在 24 小时内即可恢复。即使失血量达到循环血容量的 20%，血压也不会显著下降。这种机制会减少肠道、肝脏和其他器官的血流，优先保证大脑和心肌的血流供应。然而，当失血超过血容量的 30% 时，皮肤和肌肉的血流将大幅度减少，导致组织缺氧，乳酸生成明显增多，临床表现为烦躁不安。最终，持续的出血性休克会引起组织的炎症反应和永久性损伤，导致肝脏释放毒素，肺部充满液体。与体外循环的并发症——缺血再灌注损伤有明显的相似性。如果患者在"黄金一小时"内未能得到治疗，死亡将是无法避免的。因此，首要任务是止血，这是外科医生的职责所在。

考利成功地说服了他的军队同行，利用直升机更快地将患者转运至创伤中心，但在试图获得马里兰州警察局的许可时遭遇了阻碍。于是，他巧妙地提议与警察局共用直升机。1969年，在巴尔的摩一所五层楼高、拥有32张床位的创伤医学研究中心，成功实施了第一次直升机医疗转运。这在当时无疑是颠覆性的创新，因为彼时欧洲和美国的传统救护车上的医疗设备相当有限，救护车司机的主要任务是把患者送到最近的医院，而接诊的往往是经验不足的初级医生。如考利所言，当地医院通常不具备救治重度创伤患者所需的专业人员和设备。

之后，考利和霍华德又提出在设备齐全的救护车上配备急救技术员，为创伤患者提供更好的道路转运服务。这种改革必然需要政治上的支持。待到马里兰州州长马尔温·曼德尔的一位密友在交通事故中遭受重伤，并被送至创伤中心后，他们才获得这份支持。那位伤者是年轻的检察官、后来成为众议员的多奇·拉伯斯伯格。他幸运地活了下来，当他问起考利自己可以如何回报他时，考利说："你可以竞选公职，帮我们筹集拯救生命所需的资源。"后来，拉伯斯伯格成功竞选了当地、州和联邦的职位，积极推广巴尔的摩的创伤救治体系。不久后，"优先最近医院"的方针在美国被舍弃了。

随后，曼德尔颁布了一项政令，成立马里兰紧急医疗研究所，并任命考利为所长。在外界的支持下，1975年，霍华德引入了伯明翰事故医院创伤团队的理念。这与考利的计划非常契合，他们共同创建了马里兰休克创伤中心，并将其打造成世界顶级创伤救治机构。但讽刺的是，最初提供这一灵感的伯明翰事故医院并未得到足够的支持。其挨着啤酒厂的古老砖造建筑在1993年被英国国家医疗服务体系要求关闭。这个曾为美国创伤救治体系做出巨大贡献的机构就这样湮没在了历史中。

在霍华德推行外科创伤救治团队方针以前，急诊科主要由内科医生负责。为了落实这些颇具争议的改革，他设计了一个专用于救治重度创伤的接诊区域，并将其命名为"医学休克创伤复苏病区"（Medical and Shock Trauma Acute Resuscitation unit），简称"麦德斯塔"（MedStar）。专门建造了六个复苏区，均配备了独立的放射科室，并直接与直升机停机坪、救护车停靠区以及重症监护大楼底层的手术室相连。由于急诊科现在由外科医生主管，他们能迅速决策，确保致命性创伤的患者可以在第一时间接受手术治疗。

霍华德的下一步行动是与州警察建立合作，专门为麦德斯塔购置了两架BK-117直升机，并成功说服华盛顿大学的三家附属医院以及华盛顿特区综合医院加入以麦德斯塔为核心的创伤救治合作体系。这是一项高度政治化的举措，一些人支持引入专业的创伤外科和重症监护，另一些人则认为这会带来竞争，必然导致自己的收入减少。然而，城市中频发的持刀和枪击事件最终说服了政界人士，促使他们采取针对性措施。鉴于大量的穿透伤病例，美军医疗服务部门甚至在华盛顿医学中心教授他们的创伤课程。事实上，他们自己的军队医院并不收治创伤或急诊病人。最终，英国军队（包括特种部队）也纷纷前往该地接受培训。

在院前救治领域，仍有诸多难关需要攻克。首先，华盛顿特区的救护车服务与消防部门联合运作，而非与医院合作。在越南战争期间，有一种应对失血和低血压的方法是输注稀释盐溶液或糖溶液。这些液体会从血液循环中渗漏出来，因此，每预计失血1升，就需要补充3升液体。随着时间的推移，高级创伤生命支持课程也开始推崇这种所谓的晶体液的使用，主张应为任何被认为有出血性休克风险的患者迅速输注2升液体。然而，不幸的是，这些液体在组织中的重新分布不可避免地导致了肺部、肠道甚至心肌的水肿，同时还会扰乱血液生化和免疫功能。这正是霍华德在我参加的伯明翰事故医院课程中所提到的，也引起了我的共鸣。

对于需要接受手术的骨折患者来说，大量补液可能有助于提升血压，但令人沮丧的是，它会使内脏器官的手术难上加难。只有红细胞才能携带氧气，所以我们都认为这在概念上是错误的。此外，急救人员需要在现场花很长时间将导管插入患者塌陷的静脉中，这进一步增加了风险。霍华德描述了一个令人痛心的事件，急救人员建立外周静脉通路的努力最终导致患者发生了致命的颈静脉大出血。实际上，他们要做的只是按压住出血部位，将患者尽快送到医院。毕竟，结扎低压静脉并不难，任何医生都可以做到。

具有普遍意义的高级创伤生命支持方案是如何产生的？这里有一个有趣的故事，我是在亚拉巴马看到一张该课程的宣传海报后才了解到的。之前，我知道有高级心脏生命支持计划，但高级创伤生命支持是最近才被纳入其中的，这要从一场个人悲剧说起。

内布拉斯加州林肯市有一位名叫詹姆斯·斯泰纳的骨科医生。他与家人一起到洛杉矶参加了一场情人节派对。1976年2月17日，他驾驶一架六座双引擎飞机带着妻子和四个孩子启程回家。他们从加利福尼亚州南部向东穿过亚利桑那州，然后在新墨西哥州加油。之后，他们继续飞越南部落基山脉和堪萨斯州。当到达内布拉斯加州上空时，他们遭遇了低云。飞行了五个小时后，詹姆斯迷失了方向并降低了高度。此时是晚上6点，天色已暗。詹姆斯的妻子查伦坐在副驾驶，但没有系安全带。四个孩子坐在后座，其中最小的3岁的女儿坐在她哥哥的膝盖上。不幸的是，飞机飞得太低了。它以168英里/小时的速度撞上一排树木，机翼折断，油箱破裂。有人能幸存下来吗？

机身右侧被撕开了一个大洞，随后飞机坠落到灌木丛中，然后冲向一片田地。在坠机过程中，左引擎的一块螺旋桨碎片穿透窗户进入驾驶舱，从詹姆斯身旁擦过，却砸向了查伦的头部。这一击使她被抛出机身300英尺远，当场死亡。詹姆斯虽然意识清醒，但面部受伤严重，肋骨骨折。两个孩子因颅骨骨折陷入深度昏迷，其中一个孩子还被飞机残骸中的金属刺穿了身体。

坠机发生后不久，在满月的照耀下，一片寂静笼罩寒夜。他们花了些时间才真正意识到事态的严重性，但放眼四周，空无一人。詹姆斯独自将孩子们从残骸中解救出来。担心他们失温，他从散落的行李箱中找出衣物，在残破的机身上铺了张床，让陷入昏迷的孩子保持温暖。前两次搜索查伦的努力都无果而终，在第三次搜索中，他找到了她支离破碎的身体，而她已经没了生命迹象。然而，在人性本能的驱使下，詹姆斯又返回去看了三次，才接受妻子已经无可挽救的现实。每一次他回去时，她的身体都更加冰冷，月光下，慢慢僵硬的身体在寒风中如幽灵般苍白。

凌晨时分，正当詹姆斯蜷缩在飞机残骸中颤抖时，远处的灯光照得一条公路若隐若现。由于孩子们仍然处于昏迷状态，受伤的詹姆斯别无选择，只能出发寻求帮助。最终，他成功拦下了一辆车，车上是一对夫妇。他们把车开到坠机地点,将孩子们抱上车,然后开往几英里外的乡村医院。

接下来的事促成了高级创伤生命支持课程的出现,但却是以惨痛的教训为代价。满身泥泞、血迹斑斑的一行人来到急诊接待区,却发现门锁上了。他们敲了一段时间后,一位惊慌的夜班护士开了门,但在医生们从家赶来之前,她不允许他们进入。最终,两位内布拉斯加州农村社区的全科医生赶了过来。

那位尚有意识的 7 岁孩子焦躁不安,正痛苦地呻吟。其中一位医生托住他的肩膀和膝盖,将他抱去了 X 光室。詹姆斯注意到医生几乎没有考虑到他儿子毫无支撑的头部或疼痛的颈部——这两者都可能有骨折。几分钟后,医务人员愉快地宣布孩子的颅骨完好无损。脊椎没问题吗?医生一脸茫然,他们没有进行检查,对其他部位也没有。在这个时候,身为骨科医生的詹姆斯到达医院后的解脱感瞬间烟消云散了,甚至变成了绝望。医生正在为另一个昏迷的儿子缝合伤口,但完全没考虑轻重缓急。尽管有孩子昏迷不醒,医生却没有为他们进行系统性的身体检查,也没有保护气道。在孩子们的母亲还躺在冰冷的田野里的时候,医生没有采取任何措施来确保他们的安全。

凌晨 4 点,詹姆斯陷入了恐慌。考虑到这家乡村医院能提供的救治十分有限,他给他在林肯的同事打了电话,向他们解释了情况。与此同时,南达科他州的一架搜寻飞机接收到了坠毁飞机发出的定位信号。詹姆斯的一位老病人驾驶直升机出发去寻找他们,找到之后,林肯空中国民警卫队接到指令,将受伤的一家人接回林肯,送到 110 英里外的市区医院。

他们的直升机降落时已经是早上 8 点,此时距离坠机已经过去了近 14 个小时。急诊室医生罗恩·克雷格和詹姆斯的手术团队同事们已经在那里等候，手术室也准备就绪。幸运的是，每个人最终都康复了。尽管两个孩子持续昏迷了一周，而心理创伤需要数月时间才能愈合。回想起那晚在乡村医院的遭遇，詹姆斯仍心有余悸。他说："当我在没有任何资源的野外能提供比农村医院更好的护理时，表明这个系统出了问题，必须进行改变。"他没有将责任归咎于任何人，只是哀叹可悲的现实：本应救死扶伤的医生却没有接受过任何培训，即便他们尽了最大努力，也远远不够。

高级心脏生命支持课程是由来自林肯的心脏病专家史蒂夫·卡维思与其"移动心脏团队"共同开发的。该团队致力于救治急性心肌梗死并发心源性休克的患者。詹姆斯和罗恩决定与该团队的护士乔迪·贝克特尔合作，探讨如何在该地区推广类似的创伤救治理念和技术。他们共同设计了简称"高级创伤生命支持"的课程。课程一经推出便取得了巨大成功。1982 年，他们聘请了另一名来自林肯心脏团队的护士伊雷妮·休斯，负责美国外科医师学会全国性"高级创伤生命支持"项目的管理。

"高级创伤生命支持"项目最有价值且无可争议的贡献，当属采用了"A—B—C"心肺复苏流程，将其作为创伤救治的最佳早期干预方法。首先要处理的是阻塞的气道（airway）。面部或颈部创伤、舌后坠或呕吐物误吸等均可能导致气道阻塞，威胁患者生命。缺氧会迅速损害大脑，而头部创伤尤其容易引发气道问题。其次，若患者无法自主呼吸（breathe），那么为他们进行辅助呼吸至关重要。最后是循环（circulation），如果患者大量失血或发生心搏骤停，就需要紧急输血、心脏按压或恢复心律，以将氧气输送到组织中。

这种基于既定程序的医疗手段旨在通过依次解决问题来确保患者安全。它取代了过去将患者视为一个整体，先诊断再治疗的做法。这在当时引起了巨大争议，但之后被证明在危及生命的情况下是行之有效的。在我的职业生涯中，无论是在医院还是在路边，我曾多次遵循这一指南挽救生命。

1978年，最初的"高级创伤生命支持"课程在内布拉斯加州的奥本市进行了实地测试，其中包括在经过麻醉的狗身上进行手术实操培训。我个人并不喜欢这种做法。当我参加该课程时，它已经在全美推广开来，但不再使用动物进行培训。就这样，詹姆斯和其同事最初为内布拉斯加州农村地区推广创伤救治方案的设想迅速发展成一门全球性课程，并成为军方的标志性项目。它起先是专为外科医生设计的，经过改编，它成为适用于急诊医生、急救人员和护士的指南。不过，并不是每个人都对它满意，尤其是关于其推广的院前液体复苏，霍华德·钱皮恩就对此非常不满。

最终，霍华德协商成功，将院前急救的管理权从以"高级创伤生命支持"为核心的消防部门转移到了麦德斯塔。第一次见面时他就告诉我："如果你给某人一个工具让他玩，再想收回来就难了。所以我制订了'拉上就走'方针，即在到医院的车程少于20分钟的情况下，不为患者输液。我们清楚地说明了这一点，但实施起来确实困难重重。"他口中的"玩具"指静脉导管和输液袋。主要的争议点是，急诊科医生们发现，随着麦德斯塔体系在马里兰州的扩张，他们救治创伤的机会变得越来越少。一位高级警官评论说："霍华德几乎凭一己之力降低了华盛顿特区的谋杀率。"

我在美国的培训已近尾声。次日上午，我将乘客机返回伦敦。临走前，除了享用最后一顿牛排和最后一杯梅洛红酒，我最希望的是能亲眼看见霍华德的团队救治多发伤病例。果然，我没有失望。当他在华盛顿最大的教学医院大厅迎接我时，他的寻呼机响了。这是一个黄色警报，提示华盛顿特区环城公路发生了一起高速车祸，运送伤者的麦德斯塔直升机即将降落。当我们到达急诊室时，直升机正在距急诊入口仅 20 码[1] 远的停机坪上降落。九名医护人员正等待接收病人，其中包括一名麻醉师和一名值班的创伤外科医生，此外还有来自沃尔特·里德陆军医疗中心和贝塞斯达海军医疗中心的住院医师。

停机坪上，由一名创伤专科护士和一名呼吸治疗师组成的"热卸载"团队正在等待那位受伤的女士，他们的职责是确保病人气道畅通，呼吸正常。进入急诊科后，为了排除主动脉损伤的可能性，他们测量了她的双臂血压，然后麻利地在她的颈部和腹股沟的大静脉内插入了大口径导管。待她被麻醉和插管后，他们将一根探查导管插入她肿胀的腹壁，即刻有血液涌出，从而迅速确认她遭受了严重的腹部损伤。

整个过程不到十分钟。随后，医护人员将她推入了距接诊区不到 20 英尺的手术室。将她从担架车转移到手术台后，他们用一台悬挂在头顶上方的 X 射线机检查她的胸部，以排除任何被忽略的伤情。此外，他们对她的整个躯干进行了消毒并铺巾，以便在需要时将腹部切口延长至胸腔，这是这里的常规操作。整个救治过程的效率高得令我难以置信，与我们在英国的拖泥带水的救治过程相比，这简直是一气呵成。然而，这种高效的救治过程其实起源于英国伯明翰的一所即将关闭的具有创新性的医疗中心。

---

[1] 1 码约为 0.91 米。

直升机着陆后不到半小时,她的腹部已沿中线被打开。腹腔一打开,血液便喷涌而出,出血点却难觅踪影,这种情况时有发生。于是,他们将几块大纱布垫塞入她的左上腹的脾脏周围,然后是右上腹的肝脏周围,最后是盆腔。这么做的目的是对出血点施加压力,吸收活动性出血,并促使受损器官内的血液凝结。同时,麻醉师在为她输注未经交叉配型的血,以将血压提升至合适的水平。显然,若血液持续从受损的血管流出,不断为她输入珍贵血液的意义不大,这就如同往有破洞的桶里灌水。而且血压越高,血液漏出的速度就越快。在这种情况下,需要的是一个能修补创口的外科医生,而非一群向漏水的罐子里"小便"的好心人。

当纱布垫浸满了血,有效控制住出血以后,医生们仔细观察了她的胸部 X 光片,发现她的右侧膈肌上移,这进一步印证了他们的猜测:她的肝脏已经破裂。于是,他们轻轻取出了填塞在盆腔内和脾脏周围的纱布垫。排除种种可能,最终确认出血的源头是肝脏,正如他们所预料的那样。当纱布垫被慢慢揭开后,一个可能致命的巨大裂口显露出来。他们深入脆弱的组织,小心翼翼地用一根大弯针和羊肠线将其缝合好。然后,再次用纱布垫覆盖住修复处,施加更多压力以阻止伤口渗血。平时吃过肝脏的人肯定明白,要缝合好这种质地的内脏并不容易,其组织很容易就会撕裂,让情况雪上加霜。当然了,填塞纱布垫和缝合肝脏裂口本身并没有什么特别之处。我在剑桥当主治医师时对此习以为常。但令我印象深刻的是,整个救治过程高度规范化,这也让我为那些在英国国家医疗服务体系下患者所经历的痛苦感到悲伤。

这例肝脏损伤的病例充分体现了保留机体自身凝血机制的必要

美国之道 127

性，而不能靠输注大量冰冷的液体，将这一重要过程破坏殆尽。道理其实很简单，外科医生应该敬畏自然，否则手术的成功概率会大大降低。

30分钟后，所有出血都止住了。之后，医生们仔细地用盐水将腹腔清洗干净并关腹。这位25岁的患者随后被转入重症监护室观察了24个小时。回到英国后，我得知这位曾因失血性休克而命悬一线的患者在住了五天院后就康复出院了。她很幸运。整个救治过程中，没有人征得过她的同意，也没有人问过她是否负担得起医疗费用。麦德斯塔是一个令人印象深刻的体系，以极高的效率拯救生命。然而，我是时候离开这里，返回英国了。我需要重新适应那里的"社会化医疗"。随着时间的推移，这个词对我来说已经成为"二手店式医疗"的委婉说法。

不必要的死亡

> 如果你想快乐一小时,就打个盹儿;如果你想快乐一整天,就去钓鱼;如果你想快乐一整年,就继承一笔财富;如果你想快乐一生,就去帮助他人。
>
> ——中国古谚

可以想见,当回到伦敦工作时,我不可避免地陷入了令人沮丧的困局。从亚拉巴马到华盛顿的麦德斯塔,我见识了为患者改变现状的勇气。在英国,尽管我们有一流的医生和护士,但我们的国家医疗服务体系却始终以节约成本为核心。节约成本竟能凌驾于拯救生命之上,这一直让我深感不安。就我自己而言,我仍希望能在一家教学医院的心脏外科找到职位。可与美国相比,即使是在大奥蒙德街儿童医院和哈默史密斯医院这样的地方工作,我也会感到失望。不过发这种牢骚并不能让我的职业前景有所改观。

刚回来没几周,我就接到了一个老同学的母亲的电话。她是位聪慧的律师,此刻正悲痛欲绝。那天晚上,她的儿子骑摩托车时被一辆卡车撞到,随后高速撞向了道旁的路灯杆,现在正在英格兰北部一家综合医院的急诊科接受抢救。她和丈夫被告知他可能挺不过来。这是这对父母得到的唯一信息。绝望的她希望我能打一通电话，问问他到底受了什么伤，为何希望如此渺茫。因为给她打电话的人非但没有回答她的问题，话里还带着几分戒备。

我还能做什么呢？我觉得我有义务帮这个忙。但根据以往经验，我知道这通电话是不受欢迎的，在这个时候打电话只会给对方带去不必要的打扰。我们的对话如下：

"你好，我可以和护士长说话吗？"不出所料，我得到的答复十分冷淡。

"抱歉，她正忙着照顾病人。我是接待员，有什么可以帮你的吗？"

我说："我是伦敦的一名外科医生，刚听说一位朋友出了车祸，现在在你们那里。有人能和我说说他的情况吗？"电话那头沉默了几秒钟，然后传来声音："护士长正和他在一起，但我可以看下有没有其他人愿意和你聊聊。"于是我开始了等待，一直等，等了很久。

终于，电话那头传来了一位男性的声音："你好，我是高级住院医师。我能帮你吗？"

"希望你能帮忙，我想了解一下那位摩托车手的情况，他现在应该在急诊室里。"又是一阵沉默。

"是的，他是我负责的病人，我现在该过去看他了。"我感觉被责备了。"他的情况恐怕不太乐观，腹部肿胀，胸部 X 光片看起来也不太好，显示纵隔增宽。"他说的是两肺中间的部分，"他的主动脉可能破裂了。"

我礼貌地询问，谁将会处理这些，以及具体处理顺序是什么。主动脉破裂合并腹内出血让人忧心忡忡，而他的回答并未让我安心。

"我们已经请了普外科医生过来看他，但他们还没下手术台。"

"那他现在的情况如何？"我话里带着一丝不悦。

"说实话，我觉得希望渺茫。我们已经请求本地心胸外科单位接收他，但在我们处理好腹部的情况之前，他们不允许我们将他转过去。"我试着追问，但我能感觉到他想结束对话了。

"如果不介意的话，能告诉我他的血压是多少吗？"

"收缩压大约是 60 毫米汞柱。"他无奈地咕哝道。接着我问他们是否还在给他输血。显然，他已经被输注了超过 6 升的液体。他们正在做血液的交叉配型。

"那有主任医师来看过他吗？"我继续问，"他的母亲是律师。"这句话没有起到太大作用，但有时候它能引起对方的关注。住院医师随口回答："我们叫了一位麻醉主任医师，但他也还在手术台上！"

我的怒火像海浪一样翻涌而来。我的老同学奄奄一息，他们却没有采取切实的措施挽救他。显而易见，就像我之前打的比方，如果桶底有个洞，水就会源源不断地流出，上方压力越大，流出速度就越快。你可以继续往桶里倒水，但水终究还是会从底部流出。人体循环系统也别无二致。主要血管或器官的损伤会导致出血，但随着血压下降，出血速度会减慢，这给了身体凝血机制一个堵塞创口的机会。此时，为患者输注常温的不含氧的液体只会加剧血液流失，同时稀释凝血因子。更糟糕的是，体温及血液携氧能力的下降会加剧休克引起的代谢紊乱，而这本身就是一种风险。因此，如果你的桶有个洞，你应该立即堵上它，这是外科医生的职责。然而在那个遥远的急诊室里，生命在流逝，却没有人采用这样的措施。缺乏经验的医护人员只是任由病程发展，直到创伤夺走生命。

我应该对那位可怜的母亲说些什么呢？我应该编一个善意的谎

言，跟她说："医生们正全力挽救你的儿子，他们尽力了，但……"还是应该告诉她真相？他可能已经被丢在路边等死了。这并不是美国内布拉斯加州的农村，而是1982年的英格兰北部工业中心。遗憾的是，在英国大多数医院，情况都是如此。即使是我接受规培的地方——著名的剑桥阿登布鲁克医院，也有其弱点。那里有优秀的普外科、神经外科和骨科的医生，但胸外科医生都在数英里外的乡村。那谁来修复破裂的主动脉呢？犹记某个冬日下午，麦克杜格尔护士负责的急诊科收治了一位主动脉破裂的学生，尽管我尽了全力，最终还是没能挽回那条年轻的生命。

那么，我们号称"全世界的羡慕对象"的国家医疗服务体系为什么不采取行动呢？在英国，每年有20 000多人因创伤而死，创伤也是最常见的导致年轻人死亡的原因。而且每有一起创伤死亡病例，往往就会有两名落下终身残疾的幸存者，这为整个社会带来了沉重的经济负担。然而，国家医疗服务体系却明显是个有着自身考量的政治组织。几经周折才通过的强制使用安全带的法律就是很好的例证。许多医疗机构都在疾呼出台强制使用安全带的法律，却屡屡碰壁。在第13次尝试中，这一提议遭到了保守党政府和工党的一致反对。直到1981年7月，一个经过削弱的提案才被接受。即便如此，该法直到1983年才开始施行，而效果立竿见影：英国90%的驾驶员系上了安全带，交通事故死亡人数减少了29%，致命伤害总体减少了30%。或许美国也应该通过合适的枪支法规来达到类似的效果！

我给那位母亲回了电话，没过多久，她就得到了儿子不幸离世的消息。那次惨痛的经历之后，我决定做点什么来改变这种情况。也许明智的做法是先获得宝贵的主任医师职位，但我不知道那还要等多久。

最稳妥的方式是为医学期刊撰写一些关于我亲身经历的文章。我的第一篇文章刊登在了《柳叶刀》上，描述了一种我发明的为大出血患者快速输血的技术。之后，我还撰写了两篇论文，描述了将膈肌组织应用于心胸外科手术修复的技术。两篇论文都发表在了美国知名医学期刊上。我以这样的方式讲述着我的故事。1985年，我出版了我的第一本教科书《伤口护理》。几年后，我又出版了《创伤、发病机制与治疗》一书，在书中以丰富的插图展现了我亲手救治过的创伤病例。

我并不是唯一一位对国家医疗服务体系的应对方式感到不满的外科医生。当我还在医学院读书的时候，一项有关政府急救服务审查的报告曾提出过一系列改革措施，包括根据伤害严重程度，搭建三级救治体系。第一级主要由全科医生负责，旨在救治社区内的轻度伤害病例。较严重的第二级伤害病例则会被送往地区综合医院的急诊科进行评估和分流。为了更好地反映其职能，这些急诊科被重新命名为事故与急诊科。由于骨折的发生频率比内脏损伤的高，骨科医生往往在其中扮演重要角色。而那些需要接受专业救治和资源投入，如需要做开颅或开胸手术的患者，将被转至第三级的大型教学医院接受治疗。不过，这个体系难以克服一个问题，即院际转运对于重伤患者来说耗时过长——这往往是致命的。

后来的一项研究显示，急诊科几乎没有高级医护人员，整体护理水平极低。遗憾的是，这些问题在我年轻时的不幸经历中已经显而易见。但在那时，国家医疗服务体系仍然是不容置疑的权威。人们不需要在门口付费，所以门后发生的一切几乎不会受到审查。而且死亡的代价也很小。

国家医疗服务体系的规划者们犯了一个严重错误，他们以为一旦停用"急诊科"这一名称,只有重症或重伤患者才会到那些豪华的二级事故与急救机构接受治疗。事实却恰恰相反,那里被轻伤患者、一般病例和许多被社会性或精神性疾病困扰的患者所淹没。骨科医生是最不愿意接手这些患者的人,他们选择待在自己的手术室里。于是,像我亲爱的萨拉那样,护士们挑起了大梁。坦白说,那些护士在组织初级医生救治患者方面做得更好。

20世纪70年代末,在我接受外科规培的时候,政府宣布32个大城市的医院事故科应该设立一个新的专业"事故与急诊医学",这一决策的影响一直持续到今天,并确实带来了实质性的改变。那些医院的接待区都配备了高级医护人员,整个部门的组织也更井井有条。然而,对于那些只能通过手术治疗的严重内伤而言,仍然存在重大障碍。美国正在逐步解决这一问题,但我们没有,这才有了我在黑尔菲尔德医院的冒险。

当时,霍华德正在与旧金山县的创伤外科先驱唐纳德·川基进行合作研究。川基收集了大量的创伤死亡数据,并发现了一个明显的三峰模式。这一模式显示,主要的峰值发生在事故或袭击发生的几分钟内,通常在入院前。这些受害者占了总受害者的一半,死因主要是脑部、心脏或主要血管的灾难性损伤,这些损伤往往能迅速致死。图谱另一端的第三个峰值则代表了由手术并发症、肺部感染或血液感染引起的院内死亡的情况。同样,这些不幸结果几乎无法预防。

由此一来,中间峰值代表的阶段对患者的生存至关重要,这是可以进行有效早期干预的关键阶段。许多在这一阶段死亡的患者都有头部外伤。损伤导致他们失去意识,气道受阻,自主呼吸受限。最终这些人因没有及时解除气道梗阻而离世。其他患者则因脏器损伤导致的内出血而死亡，但如果他们能被迅速转运到专业外科团队那里接受手术，其生命是可以被挽救的。他们的死亡被称为"抢救失败"，我后来也将这一重要术语应用到了心脏外科中。川基认为，许多生命本能通过更好的院前急救和急诊室救治得到拯救。

为了阐明一个组织有序的系统的优点，川基直接比较了车祸伤患者被送往旧金山县的创伤中心与被送往邻近奥兰治县的多家综合医院的不同情况，结果令人震惊。在奥兰治县，三分之一的头部外伤患者和三分之二的胸部或腹部创伤患者的死亡是完全可避免的。相比之下，旧金山县只有一例死亡是能避免的。实际上，美军已经在越南战争中充分展现了早期积极干预的价值。当时，转运伤员的直升机上都配备了军医，他们的任务是解除气道梗阻或为那些因穿透伤失血过多的伤员输血。

也是在那时，英国发生了一些重大灾难性事件，增强了公众对创伤的意识。毫无疑问，保守党会议期间发生的布莱顿格兰德酒店爆炸案为政客们敲响了警钟。初级医生或内科医生可以救治头部、躯干和四肢多发伤的患者吗？普通的地区综合医院又如何降低多发伤的死亡率？毕竟，多发伤病例仅占急诊工作量的2%，而专业外科医生的数量非常有限。当患者急需手术时，外科医生通常会专注于他们的常规工作。

对我来说，创伤是我喜欢的副业，它的不可预测性和丰厚回报让我着迷。但对大多数心胸外科医生来说，它是一种恼人甚至骇人的陌生领域，与他们受过的训练大相径庭。因此，当我写的关于创伤的书和论文受到越来越多的关注，我很荣幸能受邀加入皇家外科医师学会创伤委员会。终于，外科医生们决定做出改变。我当时只是一名规培医生,但能凭借自身的丰富经验为此贡献一份力量,这让我欣喜不已。

活力四射的曼彻斯特大学外科学教授迈尔斯·欧文是这一声名显赫的委员会的主席。他曾救助过发生在伦敦的许多重大事故的受害者。有许多关于他的逸事,其中一则生动地反映了那个年代的流行观点。当时,欧文还是伦敦圣巴塞洛缪医院的一名年轻主任医师。一天,他正在急诊科对老贝利法院爆炸事件[1]中受伤的出血和窒息患者进行分流。这时,路过的护士长停下来对他说了句:"你看起来很忙,欧文先生,尽管我很想停下来帮你,但我几分钟后有一个委员会会议。"我认为这件逸事很好地反映了当时的现实。国家医疗服务体系中有话语权的人物忙于讨论,而非行动。当有贵宾等着会面,或者有预算决定要做时,他们根本不会理会那些正在遭受病痛的人。

霍华德的前上司、伯明翰事故医院的元老彼得·伦敦也是创伤委员会成员,我很荣幸能与他们共事。在这个充斥着自满情绪的黯淡背景下,我们的任务是详查英国创伤致死的数据,并提出针对性解决方案。由于我们的本职工作都很忙,皇家外科医师学会聘请了一名任期两年的全职研究员,帮助我们收集相关信息。

首先,我们详细评估了来自11个验尸官辖区的1 000例创伤死亡病例,这些区域覆盖了各个城市、小镇和乡村。几乎有一半患者在到达医院之前就去世了,剩下的在初步评估和治疗后去世。值得注意的一点是,其中大部分是20~29岁的年轻人。委员会成员仔细分析了其处置流程和尸检结果,并设计了一个问题:如果这些病人当时被送到

---

[1] 1973年3月8日,爱尔兰共和军以汽车炸弹的方式袭击了伦敦的老贝利法院。——编者注

人员、设备齐全的美国式创伤中心,其死亡是否可以避免?每一位成员只需回答"是"或"否"。如果至少有四分之三的人认为是可以避免的,那么该病例就会被记录为可避免的死亡。

数据显示,至少有三分之一的院内死亡病例本不该发生。保守估计,超过300名患者本该存活下来。这是令人悲痛的,特别是如果他们是你的儿子或女儿。他们中的三分之一死于可以通过手术治疗的颅内出血,剩下的则因胸部或腹部出血而丧命,如果及时接受手术,他们本可以活下来。"抢救失败"是一个贴切的术语。事实上,79%的患者完全有机会存活下来,只是没有机会接受手术罢了。医生们为他们输液、插管,但这都无法止住出血。想象一下破了洞的桶,不进行手术修复,输液只会让情况更糟。因为没有红细胞,血液中就没有氧气。

我们强调的一个主要问题是,前线医护人员的经验严重不足。不仅如此,他们还缺乏决策能力,无法迅速诊断并识别出威胁生命的情况。1 000例死亡病例中,有22例肝脏破裂、12例脾脏破裂以及18例肺部破裂导致的出血病例被漏诊。在那些有头部外伤的患者中,即使是我作为规培医生也能成功实施手术的脑出血病例,同样未能被识别出来。此外,在那些死亡病例中,被主任医师评估过的寥寥无几。换句话说,许多人接受的护理完全是一团糟,但我们的国家医疗服务体系却从未直面现实,直到我们的调查揭示了这一切。

最终的报告表明,按保守估计,英格兰地区每年至少有2 500例创伤致死病例是完全可以避免的,其死亡大多数是由于整体处置不当和未能接受手术止血导致的。因此,我们强烈呼吁国家医疗服务体系向北美学习,并效仿北美建立专门的创伤救治体系,以帮助重大创伤患者。现有的综合医院事故与急诊科应继续收治割伤、擦伤、简单的四肢骨折的病例，以及日常病例和精神病病例。毕竟，美国的整个创伤救治体系始于伯明翰事故医院的模式，只不过这一模式在彼得·伦敦退休不到十年后就被废弃了。

在这份皇家外科医师学会发布的官方报告中，我们强调了年轻人可避免的死亡问题，引发了媒体的广泛关注和讨论。但一如既往地，一些无意义的争论接踵而至。有人认为，对于一个由政府资助的医疗体系来说，这个概念的代价太高了。死亡是廉价的，正如我之前所说的"节约成本竟能凌驾于拯救生命之上"。迈尔斯·欧文反驳道，鉴于这场灾难造成的损失已占到我们国民生产总值的1%，与此相比，建设区域性创伤中心的开支无疑是微不足道的。道理显而易见，然而卫生部并没有被说服。

下一个借口是，美国模式在英国未经试验。看来，伯明翰事故医院离大都市太远，以至于完全没有被注意到，但那里至少试行过类似方案！另一个荒谬的建议是将事故与急诊科主任医师的数量增加至目前的两倍。这完全搞错了重点，他们是内科医生，而非外科医生。他们可以抢救病人，但做不了手术。我们急需的是能奋战在前线的训练有素的创伤外科医生，他们能在胸腔、腹部以及颅内进行手术，而不仅仅是修复骨折。关键是修补桶上的漏洞，而不是不断往里倾倒液体。

其他持怀疑态度的人提出，如果将当前事故与急诊科收治的为数不多的创伤病例转移到其他地方治疗，可能会挫伤这些科室医护人员的士气。但正如迈尔斯在一次演讲中指出的那样，"我认为这个建议非常令人惊讶。难道为了维护医院某些科室的医护人员的士气，患者就必须在不理想的环境下接受治疗吗？"更何况，身为护士的萨拉告诉过我，没有什么比因错误而导致年轻生命的凋谢，更能摧毁急诊科的士气了。

然后问题又来了，如果附近发生重大灾难，我们的综合医院是否能够保持其救治能力。一个遭削弱的事故与急诊科能否应对？他们现在做得如何呢？答案不言而喻，情况还能更糟吗？但事实上，总的来说，大型事故发生时，综合医院通常能妥善处理。为什么呢？因为其他一切都会停下来。整个医院会迅速进入紧急状态，转变为一所临时的创伤中心，以接收大量涌入的伤者。所有的外科主任医师和麻醉师都会立即接到通知，与他们的团队一起参与到抢救中来。毕竟，所谓的创伤中心，最重要的是有一支经验丰富的外科团队，而不仅仅是建筑或设备本身。

然而，需要提升的不仅仅是院内救治水平。在不同的验尸官辖区，创伤的院前死亡率存在巨大差异，从20%到80%不等。这种差异主要反映了患者被送达医院所需的时间，特别是在长距离转运的情况下。关于这一点，我们已经知道直升机快速转运在德国和美国取得了很好的成效。然而，在英国，由于接收端的医院尚不具备足够的救治能力，引入这种精细化模式还为时过早。

当这份报告公之于众时，我已经成功获得了牛津一所知名医院的主任医师职位。我的主要任务是建立一所新的心胸外科中心，以填补伦敦、伯明翰、布里斯托尔与剑桥之间的医疗服务空白。我深信，我之所以能够得到这份工作，很大程度上要归功于伦敦心脏病学家们对我的手术能力的认可。牛津大学作为世界顶级学术中心，不仅希望医生在此能开展常规的成人心肺手术，还有着建设先天性心脏病手术机构的壮志。这意味着我们要为所有年龄段的患者做手术，包括患有心脏畸形的早产儿以及患有遗传性心脏病的成人。多亏了柯克林医生和他的同事们，我具备了完成这些手术的能力。而且幸运的是，在包含了一众主任医师的申请者中，我是唯一一个有足够经验来承担这项任务的人。这是一项令人生畏的任务，在这里我没有资深的上级医师可以依靠。但我至少还有萨拉。在我正式上任前，我们结婚了，尽管我们都一贫如洗，只能住在简陋的医院宿舍里。很长一段时间里，我将是这一带唯一的心脏外科医生。我很享受这种自主权，而且自然地，所有重大胸部创伤病例都会找到我。因此，我更积极地发表演讲，收集了许多病例照片，并继续撰写关于这一主题的论文。我没有休息时间，前三年，我都在没日没夜地值班。

在约翰·拉德克利夫医院的第一周，我就碰到了一例相当戏剧性的病例。早上8点，我全新的寻呼机突然响起，要求我立即前往急诊室。通常情况下，大多数医院可能会呼叫心胸外科主治医师或高级住院医师，但在这里不同，因为我是整个科室唯一的心脏外科医生。

急诊室其他地方都很安静，唯独一个拉起帘子的隔间不断有人进进出出。护士长正忙着从冰箱里拿出一袋袋葡萄糖溶液，这表明病例有一定程度的失血。然而当我拉开帘子时，问题一目了然。一位上身赤裸的年轻人躺在担架车上，面色苍白，目不转睛地盯着头顶的长条灯，试图不去注意插在胸口正中的一把大匕首。那把触目惊心的匕首像节拍器一样不停摆动。当护士把液体袋挂到输液架上时，惊慌的年轻急诊科医生正试着在患者前臂置入静脉导管。这是项困难的任务，病人因恐惧在颤抖，医生的手也因焦虑而颤抖。这情景给不了我一点底气。

我的大脑前额叶运作起来。第一个问题："你们测过血压吗？"

"测了，100/70毫米汞柱，但他的脉率已经升到118次/分了。"护士长说。

"放松，"我平静地说，"现在什么都不要做。你可以帮我打电话联系5号手术室的医生，那里应该有我的一位病人。"我停顿了一下，补充道，"麻烦了。"毕竟这是在牛津。

我转向病人，严肃地告诉他保持静止，闭上眼睛，想些愉快的事。同时，我亲自为他插好静脉导管。他身材瘦弱，根据他颈部突出的静脉，可以看出他的心包已经充满了血。对于那些能活着到达医院的幸运儿来说，这是标准的心脏刀刺伤症状。如果匕首被拔出，他会很快死亡，因为那匕首刚好堵住了伤口。

护士长转过身告诉我，她已经联系上了5号手术室的医生。我告诉他们，让当天第一位病人稍等，因为我要先处理一个被刺中心脏的年轻人。但先不要把那位等待接受瓣膜置换手术的病人推回病房，这个心脏刀刺伤手术不会花太长时间。他们显然认为新来的医生有点疯狂，但实际上这个手术确实没花多少时间。我让匕首保持在原位不动，向上锯开胸骨，然后轻轻将两侧胸骨牵开，暴露出他心脏周围肿胀的蓝色包囊。然后小心地用解剖剪剪开包囊，吸出里面的积血，在直视状态下拔出了匕首。最后，我用手指堵住缺口，小心地缝合。他确实不需要输液或输血。记住，最重要的是先把桶上的洞堵住，然后再决定是否装满它。术后他也没去重症监护室，而是很快就醒来了，还在病房里吃了晚餐。

这是我作为主任医师接手的第一例病例，算是个开门红。我很快听到了人们对我的评价："天呐，他太冷静了。"或许我确实表现得很冷静，但对我来说，缝合右心室的伤口简直是小菜一碟，用尼龙线仔细缝合三针就行了。我为什么要为此而焦虑呢？手术台上的不是我，而是一位精神病态者。

那位年轻人是牛津大学布雷齐诺斯学院非洲与东方研究专业的学生，学院还慷慨地给了我用餐的权利。他的问题是焦虑，特别是考试期间，而这次的压力对他来说太大了。在一个不眠之夜后，他拿起那把在桑给巴尔买的匕首，精准地瞄准了自己的心脏。他成功刺穿了胸壁，但除了剧烈的疼痛，并没有其他感受，他便靠在宿舍墙边，再次用力。这一次疼痛更加剧烈。也许是因为失血，也可能是因为疼痛的冲击，他开始感到眩晕。然而，他发现自己还活着，绝望之下，他又试了一次。匕首刺得更深了，但他却依然保持着清醒的心智。

未能如愿的他离开了宿舍，走到门卫室，胸口上那把匕首十分醒目。还好那时大部分学生还在睡觉或在大厅吃早餐。当他摇摇晃晃地走进门卫室时，正在吃培根三明治的门卫吓得晕倒了，头撞在了桌子上。救护车顺势将他俩一齐送到医院。很高兴地告诉大家，他们都顺利康复了。就像大多数自杀未遂者一样，那位学生非常庆幸自己活了下来。出于对我的感激，多年来他一直定期与我分享他的快乐生活。至于那把匕首，我依然保留着，我觉得最好还是不要让他再碰它了。

如何才能量化一位患者因创伤死亡的风险，以证明我们的国家在创伤救治方面确实与美国存在差距呢？霍华德和我仍然保持联系，我知道他正在研究一个创伤严重程度评分体系。该体系是基于计分制得出的，反映了内脏和骨骼的损伤程度，同时也考虑了患者的年龄、合并症，甚至是入院时的代谢紊乱程度。这一评分体系提供了一个基于统计数据的预测创伤死亡的方法，最终被我们的卫生部采用，用于可避免死亡的进一步研究。后来，在迈尔斯·欧文的影响下，英格兰西北部的一个医院联盟获得了政府资助，从 1989 年开始收集和分析英国的创伤致死数据。这成为英国第一个重大创伤结果研究。希望我们终于开始有所作为了。

利用与我们的美国同事一起收集的信息，欧文和索尔福德希望医院的研究小组成为霍华德在华盛顿进行的美国创伤结果研究的唯一英国贡献方。至少，我们有了一个公正客观的方法，能将英国国家医疗服务体系医院的表现与我们过去称为"殖民地"的国家的那些资源充足的医院做比较。然而，当研究结果公布时，情况并不如意。

这些信息来自 33 家一线国家医疗服务体系医院，涵盖 15 000 名重度创伤患者。其中五分之一的患者花费了一小时以上才到达急诊科。超过一半的患者由缺乏经验的初级医生接诊并进行复苏。需要紧急手术的患者中，只有不到一半能在两小时内被送进手术室。即便到达手术室，绝大多数患者也是由规培医生而非主治医师进行手术。因此，与美国的创伤中心相比，英国国家医疗服务体系医院最危重患者的死亡率明显更高。

造成高死亡率的一个明显原因是，需要在多发创伤中合作的各外科专科医生常常不在同一家医院。牛津的情况也是如此。神经外科的医生在位于市中心的古老的拉德克利夫医院工作；普外科和心胸外科的医生在环城公路旁新建的急诊医疗院区即约翰·拉德克利夫医院工作；骨科医生和整形外科医生则在城市另一端的独立建筑中工作。这些医院都是顶尖医院，医生们也都非常出色，但由于组织不善，他们分散在城市的不同角落。然而，一位重度创伤患者可能需要所有这些专科医生一起进行救治，那么他们能在合理的时间内齐聚的可能性是多少？答案为零。

研究结果再次证实，在英国国家医疗服务体系中，重度创伤患者得到的护理难以尽如人意，许多患者的死亡本是可以避免的。在日益增加的压力，以及皇家外科医师学会创伤委员会的推动下，卫生部最终同意在英格兰中部的特伦特河畔斯托克资助建立一所美国式创伤中心的试点。该中心旨在为由一个验尸官办公室管辖的 50 万人口的地区提供创伤救治服务。当时，关于是否应该在院前急救环节采取更积极的救治措施存在激烈的争论。因此，该创伤中心成立后的第一件事就是进行这方面的研究。

同样，他们的发现很有趣，但也令人失望。在 409 例创伤致死病例中，有 152 例在到达医院前就去世了，死者的平均年龄为 42 岁。如果按皇家外科医师学会的可避免死亡研究的标准衡量，至少有 60 名患者本可以幸存下来，其中 51 名患者只需接受基本的气道管理，解除气道梗阻后就能活下来。简单地说，现场急救可以挽救许多年轻生命。而我们应该在多大程度上进行变革呢？

这些发现主要适用于因头部外伤而失去意识的患者，他们因为舌后坠或无法通过咳嗽清除分泌物而出现气道梗阻。除了气道和呼吸管理之外，在现场浪费时间进行其他干预是否值得，尤其是当患者正在失血时？这个问题在美国一直存在争议，他们在创伤救治方面比我们领先了至少十年。然而在英国，尽管在特伦特河畔斯托克有了试点，情况却并未改善。

1992 年，英国国家审计署发布的一份报告再次强调了在国家医疗服务体系中，事故与急诊科存在许多严重缺陷，需进行广泛改革。同年，英国骨科协会对 263 家国家医疗服务体系医院的创伤救治服务进行了详细审查，记录了这些医院人员和设备不足的情况。他们得出的结论是，我们在救治创伤患者方面并没有与时俱进地更新技术和策略。同样，他们也呼吁设立区域创伤中心，让高级医护人员参与对危重创伤患者的救治工作。这并不难理解。五年后，该组织发布了一项比较研究，强调了英国国家医疗服务体系与瑞士、德国和美国的体系相比存在的劣势。然而，这样的情况还在持续，什么时候会有人注意到呢？

已经发表的调查中，最具影响力的也许是英国国家患者转归和死亡保密调查（NCEPOD）的成果。该调查发现，在接受手术后死亡的创伤患者中，有60%并没有得到适当的护理。这对任何医疗服务体系来说都是一种谴责。这是一个医疗法律的雷区，可能导致巨额的赔偿费用。调查提出了明确的建议：在国家医疗服务体系下，医院的创伤救治水平十分糟糕，需要根本性改革，这应该通过建立区域创伤中心来实现，所有创伤中心都应该配备一名主任医师和一个后备团队，以确保能全天候对患者进行分诊和及时救治。

距皇家外科医师学会在报告中提出同样的建议，已经过去了15年。这段时间里，有太多患者不必要地死去了。更糟的是，我们失去的不仅是创伤患者。我非常熟悉美国和欧洲的医院用于挽救濒死心脏病患者的机械辅助循环装置。然而在英国，即使在心脏外科中心，国家医疗服务体系也不会为购置这些设备提供资金支持。

"拉起就跑"与"就地抢救"

> 每个人都是天才,但是如果你以爬树的水平来评判一条鱼,那它终其一生都会以为自己是个笨蛋。
>
> ——阿尔伯特·爱因斯坦

你应该能从我的言论中感受到,我对院前护理有些保留意见。但我必须强调,我对每日辛勤付出的救护车司机与急救人员有着最高的敬意。实际上,平常他们有空时,我常会邀请他们来手术室观看其送来的病人的手术。我也为他们做过讲座,并向许多人推荐过这份工作,包括我自己的儿子。然而,在国家医疗服务体系从院前急救措施转向所谓的"高级创伤生命支持"之前,美国就已经有研究显示,侵入性急救往往是不必要的,对某些患者而言甚至可能适得其反。

我们都知道,内脏出血是威胁生命的"定时炸弹",只有通过手术才能解决。因此,为避免不必要的死亡,必须尽快将患者送到能进行手术的医院,这就是所谓的"拉起就跑",也是以前救护车急救人员经常采用的做法。当然,他们会先为患者清理呼吸道并固定颈部。辅助呼吸是通过一个带阀门的复苏气囊和面罩进行的,而不是通过气管插管。他们也不会考虑开放静脉通路或气管插管这样耗时的救治程序，即所谓的"就地抢救"。当然，"拉起就跑"与"就地抢救"孰是孰非，并没有绝对的答案。因为每位创伤患者的需求是不同的，通用的处理程序永远无法满足所有人的期望。这就是为什么一些资金充裕的医疗服务体系会派遣医生到事故现场作评估，但那样的话，他们总是会找到理由进行干预。

作为一名外科医生，我对"高级创伤生命支持"指南中的一项建议感到尤为困扰，即对血压下降的创伤患者输注2升液体。首先，我们无法确定他们有什么内伤，其次，即使没有失血，血管迷走神经性休克也会导致血压下降，在院前环境中评估血压可能并不准确。一般的说法是，如果在手腕处感觉不到脉搏，血压一定已经降到了80毫米汞柱以下。如果只能在颈动脉处感受到搏动，那血压一定已经降到了60毫米汞柱以下。然而，我所有使用了人工心肺机的患者的平均血压都在60毫米汞柱到70毫米汞柱。重要的是血流，而不仅仅是血压。此外，还有更好的方法来监测出血引起的休克。

一个方法是将其想象成网球比赛的计分规则。在一局内，可能出现的分数为0、15、30、40，然后比赛结束。当患者的失血量在血容量的15%，即大约750毫升（相当于一次献血的量）时，血压并不会发生改变。但患者的心率会上升至约100次/分，可能会表现出焦虑症状。当失血量达到血容量的30%，也就是约1.5升时，患者的血压会降至约100毫米汞柱，心率超过100次/分，患者开始出现呼吸加快的症状。然而，这并不意味着我们要为之恐慌或立即为患者输血。只有当患者的失血量达到血容量的40%，即超过2升，并且手腕和腹股沟处的脉搏消失时，患者才处于危险中。此时，患者的呼吸频率超过30次/分，肾脏衰竭，患者开始出现意识模糊和昏昏欲睡的症状。

在这种情况下，输注不具备携氧能力的液体无济于事。创伤患者一旦出现精神状态改变和循环衰竭的情况，死亡风险极高。如果不能及时进行输血和手术止血，"比赛"就结束了。

那么，通过输注盐溶液或糖溶液来提升血压会有什么后果呢？在美国，他们称之为"创伤致死性三联征"。首先，血液凝结和封堵创口的能力被破坏。其次，室温液体会降低体温，引发低体温相关的一系列严重后果。最后，在伤口修复之前提升血压会导致血块脱落和进一步出血。所有这些只会使我的工作难上加难。

让我们根据实际临床经验，而不是凭个人直觉，来重新审视"拉起就跑"与"就地抢救"各自的优点。我们知道，一半的创伤致死病例是在现场迅速发生的，由于伤势过重，院前急救无法改变结果。因此，可能从"就地抢救"中受益的只有那些受伤后 24 小时内在医院死亡的患者。然而，他们真能受益吗？又能受益多少呢？

接受"高级创伤生命支持"培训的急救人员，无论是医生还是院前急救人员，都熟悉一系列可供采纳的急救程序。按照 ABC 复苏法，他们可以通过气管插管建立人工气道，为患者通气；可以开放静脉通路输注液体；对心搏骤停的患者，可以进行胸外心脏按压。在特定情况下，这些初始急救措施还可以扩展为插入胸腔引流管，甚至是开胸手术。这些措施的决策依据都来自现场的初步临床检查，而非医院内的快速检查。

理论上说，这些院前干预措施是有优点的，但支持其有效性的证据非常有限。相反，它们可能会延长患者接受诊断和治疗的时间，产生适得其反的效果。对于那些伴有严重创伤但尚有被救治的可能性的患者而言，我们知道他们每晚一分钟到达手术室或接受损伤控制复苏和输血，其死亡概率就会增加 2%~4%。

在法国这样的国家，经验丰富的医生经常会到事故现场救治患者。他们的一些研究表明，在现场使用镇静或肌松药物进行快速插管，可以提高无意识的头部外伤患者和一些严重胸部创伤患者的生存率。然而，在这种情况下，液体复苏并没有达到同样的效果。相反，许多已发表的研究比较了基础生命支持措施和使用液体复苏的高级生命支持技术，结果表明，侵入性急救措施并没有带来益处，甚至可能造成危害。例如，多项研究反复表明，接受高级生命支持的刀刺伤或枪伤患者的生存率更低。

一项关键的头部外伤研究对比了直升机上医生提供的高级生命支持和救护车上急救人员提供的基础生命支持，结果表明，前者并未降低患者的死亡率。令人担忧的是，宾夕法尼亚州的另一项研究发现，综合考虑了伤势严重程度后，在事故现场接受气管插管的患者的死亡风险与未接受气管插管的患者的相比提升了四倍。造成这一差异的原因有很多，其中之一是镇静剂和肌松药物可能导致心搏骤停。因为这些药物抑制了身体对自身肾上腺素释放的反应，导致血压下降，心脏收缩能力减弱。

尽管实行气管插管需要时间，而且并不总是成功，但真正对患者构成危害的其实是其造成的生理影响。气管插管有过度通气的风险，会减少血液中的二氧化碳含量，并反射性地降低流向损伤大脑的血流量。同时，正压通气会增加胸腔内的压力，阻碍血液回流到心脏，并增加颅内压力。尽管院前插管本身可能并无害处，但过度通气的影响肯定是有害的。

回到液体复苏的问题。随着"高级创伤生命支持"指南的出现，无论是医生还是急救人员，都认为在出发前往医院之前，在现场为患者开放静脉通路是必要的。然而，这可能会很困难，平均需要8~12分钟才能完成。而时间是创伤救治中最关键的因素之一，因此必须考虑因开放静脉通路或实行气管插管而延迟将患者送到医院的风险。在城市地区，实施这些干预所耗费的时间往往比实际转运的时间还要长。

我们还是用事实说话。2009年，美国东部创伤外科学会审查了1982年以来所有可收集的关于创伤患者接受院前液体复苏的英文文献。这些文献总共包括3 392篇已发表的研究文章，涉及成千上万名患者。他们得出了两个重要结论：首先，没有证据表明患者在院前接受液体复苏是有益的；其次，更为关键的是，如果建立静脉通路会使患者不能被快速送往医院，就不应尝试这一操作。

只有在两种情况下，建立静脉通路才是有用的：第一种是当气道问题会立即对患者的生命构成威胁时，需要借助药物确保气管插管的安全插入；第二种是当休克患者需要立即在现场接受血液输注时。就个人而言，我经常因为要在被输注了大量液体的患者身上进行重大胸部创伤和血管手术而感到挫败。由于他们体内的凝血因子被稀释了，他们总是会出更多的血。此外，因为输注的液体温度远低于体温，他们常处于低体温和代谢紊乱状态。

到20世纪90年代中期，我已在牛津安顿下来。我们已成功将牛津那英国最小的心胸外科中心发展成英国第二大心胸外科中心，规模仅次于剑桥的。我们只有三名外科医生，却完成了1 400例心脏手术，并成功启动了儿童心脏手术项目，然而现在我面临着新挑战。我正在与休斯敦的外科医生合作，研究一种新型微型人工心脏。我希望这种心脏手术能成为真正可行的心脏移植替代方案，因为在强制使用安全带的法律生效以后，因致命头部外伤而成为器官移植供体的人已经变少。

在难得的闲暇时间里，我一直在收集材料，为编写一本插图精美的教科书做准备，我将在其中描述我们这个专业的起源。创作《心脏外科里程碑》的动力源自我在伦敦和美国的职业经历，其间我遇到了许多已步入暮年的先驱者，也有幸与他们中的很多人共事。我总是觉得他们在跳动的心脏上进行手术时的大胆创新既浪漫又英勇。然而，在当前强调风险管理和问责的时代，这已经不可能发生了。很少有人知道的是，在第二次世界大战期间，一些成功的早期心脏手术是从心脏中取出子弹或弹片。在牛津附近的乡村，美军野战医院的遗迹仍然可见，其中还有一间由破旧的铁皮屋改造而成的手术室。

在我易受影响的学生时代，南非的传奇外科医生克里斯蒂安·巴纳德在开普敦完成了全球首例人体心脏移植手术。供体心脏来自一位不幸的年轻女子——丹尼丝·达瓦尔。她在被一个醉酒警察驾驶的汽车撞倒后，头部受了重创。当时还没有脑死亡的定义，巴纳德的助手们只有在心脏停止跳动后才会考虑取出心脏。十分微妙的是那位接受移植的患者按照今天的标准完全不符合手术条件，仅存活了一周便不幸去世了，但这一手术带给世界的震撼不亚于人类首次登月。巴纳德一夜之间成为家喻户晓的名字。然而由于婚外情，他的婚姻破裂，最终也毁掉了他的职业声誉。

那次手术几周后，我参加了巴纳德在伦敦举行的演讲和新闻发布会。他受到了医学界人士的猛烈抨击。人们指责他是一个投机者，在拜访了斯坦福大学心脏移植研究者诺曼·沙姆韦后窃取了这个机会。他们说："他之所以能抢得先机，是因为南非没有监管机构。"也许是头部受的那一击给了我勇气，记得当时我探出脑袋大喊："任何以别人的死亡为前提的治疗都无法成为主流。"这当然是正确的。美国专攻心力衰竭的专家们称心脏移植"在流行病学上微不足道"，因为供体稀缺，而60岁以下患有严重心力衰竭的患者却不计其数。

我的导师之一，同为南非人的唐纳德·罗斯先生也出席了那次演讲，并在几天后于英国国家心脏医院完成了英国首例心脏移植手术。当时围绕供体存在很多争议，并且手术结果非常不理想，不过在20世纪60年代末，继巴纳德之后的许多早期心脏移植尝试均是如此。鉴于供体非常稀缺，一些投机的团队会使用狒狒的心脏，在剑桥也开始了异种心脏移植的研究。然而，正如沙姆韦开的玩笑那样："移植猪心是未来的事情——永远都是！"只要提供器官的是人，创伤和移植就始终密不可分，移植过程甚至决定了定义脑死亡的测试方式和标准。在日本等国家，宗教信仰要求逝者的身体必须保持完整，因此做心脏移植手术的外科医生可能会面临谋杀指控。

为纪念巴纳德完成全球首例人体心脏移植手术25周年，开普敦大学举办了一场庆祝会，我被邀请在会上发表关于心室辅助装置的演讲。这是与这位世界级外科英雄见面的绝佳机会。那时的巴纳德已经从心脏外科医生转行为化妆品销售员，但我个人仍非常喜欢他。或许是因为我们有一些共同点：出身贫苦，渴望开创新局，身处艰苦的工作环境，以及拥有力争第一的韧劲。

正是在那次开普敦之行中，我被请去红十字儿童医院会诊一位受伤的孩子。他所在的镇上，一座棚屋里的煤气罐爆炸了，导致他的脸和上半身严重烧伤。但最严重的是，他的气管损伤严重，使他无法呼吸。他们知道我设计了一种人工气管，所以他的医生想知道我是否可以用它来为这个孩子重建气道。由于当时时间紧迫,我便在六周后返回开普敦,在连接心肺机的情况下为男孩做了手术。有了心肺机辅助呼吸,我得以完全打开气管进行全面重建,改写了那个男孩的命运。我事先和巴纳德打了招呼,去格罗特·舒尔医院拜访他,然后乘坐著名的蓝色列车前往约翰内斯堡,这样我就能在飞回家之前去参观臭名昭著的贝拉格瓦纳思医院。这张车票是他们送给我的礼物,感谢我远道而来帮助这个男孩。无论付出多少,我都觉得能够帮助他是莫大的荣幸。

贝拉格瓦纳思医院因收治了大量来自治安恶劣的小镇的穿透性创伤患者而声名狼藉。甚至在我到达前夕,医院的一名医生被人刺死了。这里与美国的创伤中心完全不同,但他们对于胸部刀刺伤的处理方式明智而有效。首先,他们没有院前急救,也不存在"高级创伤生命支持"指南一说。除非患者出现了心脏或主要血管大出血的情况,否则他们只会插入胸腔引流管,将血液引出来,再注射一剂青霉素,然后就会将患者送回去。除非引流管中持续有血液流出,否则他们不会做探查手术。更重要的是,患者很少会再回来,除非他们再次被刺伤。相比之下,在英国,几乎每位患者都会被输注大量液体,接受预防性探查手术,然后在医院花上一周时间使手术刀口得以恢复,这比他们原本的刺伤伤口还要痛。这就是事实。但如果采用源自贝拉格瓦纳思医院的方法,我会立刻被起诉。

开普敦会面后的某一天,我收到了巴纳德的来信,说他被邀请在牛津辩论社发表演讲,次日晚上会在剑桥大学的一个学院做演讲。我邀请他来约翰·拉德克利夫医院观摩先天性心脏病手术,并主动提出开车带他穿越乡村,免得忍受伦敦蜿蜒的铁路。他欣然接受了我的邀请。由于我正在写《心脏外科里程碑》一书，我也想借机听他亲口讲述史上首例心脏移植手术的详细情况。这是我揭示可能被忽略的争议性细节的绝佳机会。

驾驶我的蓝色捷豹飞速驶离牛津时，我请巴纳德谈谈种族隔离这个麻烦的问题，以及他是否被允许使用有色人种提供的供体心脏。显然，这是被禁止的，而心脏移植接受者路易斯·沃斯坎斯基差点因等不到合适的供体而死。当我们驾车经过特兰平顿，驶入剑桥大学时，我探听到了巴纳德私人生活的许多趣事，已经超越了那场手术本身的秘密。我绕过植物园，直奔圣玛丽修道院学校，因为我希望我的女儿小杰玛能见到这位伟大的人。开门的是一位叫弗朗西丝卡的年长修女。她对我很熟悉，当看到我带来了著名的克里斯蒂安·巴纳德时，她激动不已。更多的修女聚集到了木拱廊前，迫不及待地想一睹她们在新闻中听说的名人。随后杰玛来了，看到她那任性的父亲，她很高兴，哪怕只有短短的五分钟。她礼貌地与巴纳德握了手，与我吻别，然后就回去上她的生物课学习关于蚯蚓的知识。那天晚上，她告诉她妈妈："爸爸今天带一位老人来学校了。他个子高高瘦瘦的，手指很长，但我没听清他的名字。不过老师们好像都知道他是谁。"

我最后一次听到巴纳德的消息是在1997年。那时，他的一个朋友刚在发生于欧洲的一起车祸中不幸去世，他想找人倾诉。为什么他要给在牛津的我打电话呢？也许是因为他知道我正与他在格罗特·舒尔医院的接班人——约翰·奥德尔教授合作撰写一本关于胸部创伤的新书，而且他知道我曾见过那位受害者。不管他的动机如何，他一直在追问他的朋友是否可能幸免于难。他认为是可以的，而整个讨论都围绕着"就地抢救"展开。当时，我只是默默听着，保留了自己的观点。该案例引起了国际媒体的广泛关注和议论。

几天后，在我所属的科室举办的一个教育论坛上，我们讨论了这例病例。我在美国参加过"发病和死亡病例讨论会"，后来我将这一惯例引入了哈默史密斯医院和牛津。我们会讨论所有糟糕的结果，逐个剖析原因，这样死亡就不会被遮掩起来，我们也能够从中获得宝贵的教训。成功是人们对我们的期待，但我们总能从失败中学到更多。

这一死亡病例是在一起高速撞击事故中出现的，涉及突然减速和旋转应力。车上一共四人，其中两人当场死亡。他们属于川基提出的早期无法挽救的类别。不出所料，尸检证实这两人的胸主动脉有创伤性断裂，死亡原因是大量失血。他们都没有系安全带。第三名乘客是男性，他坐在副驾驶座上，系了安全带。尽管头部和面部受伤严重，但他幸存了下来。

争议在于对坐在这位男性后方的年轻女性的救治上。这位30多岁的女性乘客在遭受撞击的瞬间，被甩向了侧方，面向另一位后排乘客，她被阻挡住而没有被甩出挡风玻璃。

很快，有目击者抵达了现场，其中包括一位路过的医生。他发现这位女士被卡在车的后座上，整个人痛苦不堪，将她从车辆残骸中解救出来并不容易。根据这位医生的描述，她有模糊的意识，因头部外伤而痛苦地呻吟。她的呼吸正常，主诉右胸疼痛。需要说明的是，这起事故发生在一座大城市的市中心，设有急诊和胸外科的教学医院就在附近。

几分钟后，一支受过复苏训练的消防队到达并封锁了现场，他们需要移除车顶，将车内乘客解救出来。经验丰富的消防员报告说，受害者反复哭喊着："天呐，发生了什么。"等她反应过来之后，她又哭喊:"让我一个人待会儿。"他能清晰地感受到她手腕的脉搏,所以我们估计她那时的失血量还没有到威胁生命的程度。那位消防员试图让她在救援过程中保持冷静,身体也不要动。后来他在接受事故调查时表示:"我从来没想过她会死。"

从车辆残骸中将她抬出花了 35 分钟,在这期间,一辆配有专业急救医生的救护车到达了现场。在改变体位的过程中,她突然失去了意识,被认为发生了心搏骤停。当时救援人员可能感觉不到她的脉搏,于是他们开始胸外按压。然而,他们没有通过心电图确认是否真的发生了心搏骤停,也没有使用除颤器。当被平放到担架上时,急救人员又感受到了她的脉搏,她在救护车上恢复了意识。

事实上,当医生们被派往事故现场进行院前急救时,这是他们的常规做法。整夜坐在控制室里无法解决问题。"就地抢救"是他们当日接到的指令。那些日子里,医生们会严格遵循"高级创伤生命支持"指南,为患者输注 2 升液体来提升血压。因此,他们为她插入了一根静脉导管,但据现场所有人的描述,这位受脑震荡和焦虑困扰的患者立刻将导管拔了出来。

随着时间的推移,他们决定插入另一根静脉导管,推注镇静剂,然后在她的气管中插入一根管子进行通气。这样就可以完全控制她的生命体征,但这些措施的后果是可以预见的。还记得前面提到的宾夕法尼亚州的研究吗?抵达医院之前接受气管插管的患者,其死亡风险提升了四倍。原因很简单,正如我们所说的,镇静剂和肌松药物会抑制身体对肾上腺素的反应,导致血压下降,心脏收缩力显著降低。重申一下,正压通气会增加胸腔内的压力,并减缓静脉中的血液回流至心脏的速度。在心包囊中存在游离血液或血块的情况下,这些影响会进一步增强。同时，颅内压力也会随之上升。这就是为什么这些急救措施最好在医院进行，此时医生可以密切监测患者的生命体征。

显然，没人知道这位女士有什么内伤。车上两名乘客已经死亡，而且在高速减速的情况下，他们可能是因主动脉破裂大出血而死的，这点在尸检中得到了证实。因此，应该考虑这名未系安全带的女士可能也有致命内伤。在我看来，这种可能性本身就决定了应该"拉起就跑"，以便快速做出正确的诊断并进行手术。不用说，霍华德对此完全同意，但当时在现场的人只是遵循"高级创伤生命支持"指南进行抢救。在他们当时的体系中，这些干预措施被认为是最能帮到患者的。

无论当时救护车上发生了什么，它在车祸后的77分钟内都没有离开事故现场，那时距离受害者从残骸中被解救出来已经过了整整42分钟。然后，它又花了25分钟才到达四英里外的医院，关键的"黄金一小时"早已过去。

在使用镇静剂、肌松药物完成气管插管后发生了什么？可以预见的是，患者的血压开始下降，需要大量液体和强心药物来维持血压。救护车实际上不得不在半途停下来，以进行抢救。

事故发生一个半小时后，这位女士终于被送到了医院，但没有资深外科医生在场。那时，她的脉搏已经无法被触摸到，她体温下降，并伴随酸中毒。医生怕她要不行了，在几分钟内为她拍了胸部X光，而X光片显示她右侧肋骨骨折，肺部周围有积血。

此时，这位可怜女士的情况已经非常糟糕，急诊室的医生们催促一位值班的外科住院医师在接诊区就地打开她的胸腔。不幸的是，这位规培医生没有找到明显的出血点。与此同时，一位有经验的心脏外科医生赶到了，但当他加入手术时，患者的情况已经非常严重。他决定将切口延伸至左侧胸腔，开始实施胸内心脏按压。

他发现了什么损伤？这是我在讨论会上提出的问题。我已经知道了答案，因为巴纳德已经向我详细描述了尸检结果。

我问了在场的初级医生，那位女士受的伤可能是什么，虽然我很清楚他们并不知道答案。

"想象你是院前急救团队的一员，"我说，"他们可能在治疗什么？在事故现场为这位女士实施气管插管并进行通气是否明智？"

"肯定不仅是为了让她安静下来。"一名活跃的学生说。

"是为了方便插入静脉导管。"我应道。一位初级主治医师说："这是一次高速撞击造成的损伤，所以她的主动脉或支气管可能破裂了。"

"想想看，"我说，"如果出血来自主动脉，她早就死了。如果是支气管破裂，当他们给她通气时，她的头和脖子会像充气的气球一样肿起来。"

一位聪明的高级主治医师提出了钝性心脏损伤伴心脏瓣膜破裂的可能性，这或许可以解释她的血压变化。如果事故发生时她的胸部撞到了前座的头枕，这种损伤是有可能发生的。

此外，在这种情况下，大量的液体输注可能会加剧心力衰竭，这与她的临床表现相符合。

我们讨论了一个又一个可能性，然而真正的答案仍然没有出现。我并不感到惊讶。毕竟这种损伤机制在强制使用安全带的时代并不常见。减速和向右扭转是对这种损伤最准确的描述。可以将胸腔视为一个钟形结构，中间的心脏就像钟摆，快速减速会使钟本身突然停止，而钟摆则继续摆动。在巨大应力的作用下，汇集了大量血液的胸主动脉会在承受应力最大的与脊柱相连的固定点处发生破裂。

心脏也很重，但撞击产生的作用力通常会被前方的胸骨和后方的脊柱所缓冲。然而，如果这股作用力来自侧方，心脏会发生扭转，导致扭转性损伤。强烈的冲击可能导致心包囊撕裂或破裂。那么，那位资深外科医生到底发现了什么？

在紧急进行胸内心脏按压时，他发现心包囊中有一个拳头大小的裂口。然而，心包撕裂并不会导致大出血，那么血是从哪里来的呢？破口位于将血液从左肺输送到心脏的两根静脉中位于上方的那根，要找到它并不容易。它位于胸腔后部、心室的后面，但即便如此，将它缝合好很简单，只需几针就可以搞定。

正如巴纳德本人对这起事故的描述："导致出血的损伤位于一根不会迅速失血的静脉上，实际上，出血相当缓慢。"女性的上肺静脉直径约为 1.5 厘米，长度为 3 厘米，其内部压力不超过 15 毫米汞柱，而动脉的压力通常超过 120 毫米汞柱。当失血导致静脉内的压力下降时，破裂处的血块通常足以止住出血。

尽管经验丰富的心脏外科医生尽了全力，但因为代谢紊乱，她的心脏依旧无法复跳。为了让她的心脏重新启动，他们为她注射了大量肾上腺素，甚至用尽了医院的库存。接受事故调查时，病理学家表示："患者伤口虽小，但位置不好。如果她系了安全带，应该能活下来。"这是个令人扼腕的事实。有人认为如果系了安全带，她即使不接受任何治疗也有可能活下来。

我认为，患者从车辆残骸中被救出时，突然出现的血压下降，与体位改变导致心脏穿过撕裂的心包囊并发生位移是相吻合的。如果不是这样，心脏按压也会导致心脏位移，很明显，只有手术可以修补血管上的破口。输注液体以提高血压完全无济于事，所以又回到了漏水的水桶的比喻。这就像一瓶瓶身中部有个洞的橙汁汽水，你倒入的水越多，汽水就越稀。血液中的血红蛋白和凝血因子也是如此。持续输注液体会导致血液稀释，减弱携氧能力和代谢功能，令心脏无法正常工作。那么"拉起就跑"，避免院前急救是否更好呢？根据我的个人经验，确实是这样。

那是一个周末，我还是米德尔塞克斯医院的一名高级住院医师，正好轮到我值班。我接到通知，一辆救护车即将抵达，上面有一名在警方的蹲点行动中被警察误伤的少年，他被击中了左胸。事故发生后半小时，他就被送到了急诊科。这位年轻人还有知觉，焦虑不安，伴有休克症状，血压只有85毫米汞柱。他颈部的青筋凸显，与苍白、汗津津的皮肤形成了鲜明对比。还好那是1985年，所以他没有接受任何院前急救。我摸了他手腕处的脉搏，十分微弱。于是，我们迅速将他推到了放射科。与此同时，手术室也已接到通知，随时待命。

X光检查结果如我所料。增大的心影表明心包腔中有血块积聚，且两侧胸腔内有游离血液。那颗低速子弹最终停在了右侧胸腔内，位于膈肌上方，而入口伤口的位置让我确信子弹直接穿透了心脏和双肺。我们没有为他输注任何液体或药物，而是直接将他送入了手术室，一位值班的规培麻醉师迅速为他实施了麻醉。可以预见，麻醉剂的注入和气管插管导致他的血压下降。但我们已经做好准备，备好了血，并开放了两条静脉通路，以备不时之需。

他的血压还在下降，我迅速打开他的胸腔，暴露心包，从前部将其打开，清除了血块。解除了心脏压塞后，他的血压就自然回升了。更重要的是，他左右心房上的两处穿孔竟然都没怎么出血，这两个低压腔室上的孔都被黏稠的血块堵住了，几乎看不出来，只需用尼龙线缝上几针就能轻松修补。类比一下的话，这个小伙子的心脏受到的打击是那个不幸经历车祸的女士的两倍。他们心脏的低压腔室上都有大小相同的破口。但小伙子五天后就出院了，虽然浑身酸痛，愤怒不已，但毫发无损。一位外科规培医生救了他的命。

多年后的一个晚上，我在牛津接到了一通紧急电话，有一个被高速步枪击中的休克患者即将抵达医院，子弹穿透了他的左胸。他是被一个偷猎者误伤的，事发地在乡村，救护车将他送到了最近的综合医院，但没有医生愿意接收他，他像块烫手的山芋那样被转来转去，没有得到任何救治。幸运的是，他来得还算及时。那时，他的失血量已经达到2升，大量血液流入了他的左侧胸腔，根据我们的出血评估，情况很危急。

在救护车到达之前，我已经先他一步到达急诊室，麻醉师也早已等在那里。来不及将他从担架车上转移，我直接打开了他的胸腔。为他输血之前，我先用夹子夹闭了左侧肺门。那颗子弹直接穿透了主动脉，导致大出血，直到主动脉压力下降，出血才渐渐放缓。然而，此时距离事故发生已经过去一小时了，他仍然能活着到达医院。生命体征稳定后，我迅速将他推进手术室，切除了他受损的左肺，之后他也很顺利地康复了。

我对那些在困难环境下，尽力按照"高级创伤生命支持"指南拯救生命的医护人员深表同情，然而，科学的创伤护理应该是预判最坏情况并进行相应处置。所有干预措施都应该以诊断为依据，不应机械地应对患者生命体征的变化，而忽略了潜在的风险。

最近，《美国急救医疗服务杂志》发表了一篇文章，很好地总结了当代学界对院前急救的看法。这篇文章是由多位经验丰富的急救技术员撰写的。"对于创伤患者来说，控制现场急救时间是最关键的院前干预措施。急救人员在事故现场多花费一分钟，都会增加患者的死亡风险。"信息很明确，应该迅速将患者送到医院，除非有令人信服的理由不这样做。

2001年9月2日，星期日，在塞浦路斯的帕福斯，富有魅力的克里斯蒂安·巴纳德在泳池中突发严重哮喘。他拼命伸手寻找气雾剂，最终还是倒下了，在遥远的他乡孤独死去。许多人只记住了他的缺点。当英国广播公司找到我，邀请我参与制作一档纪念全球首例人体心脏移植手术50周年的节目时，我尽力给予了这位伟大人物应有的赞誉。我联系到在那个难忘之夜共同见证了这一奇迹的手术团队成员，他们对他赞不绝口。他迷人的女儿戴尔德丽告诉我："世界曾将父亲从我们身边夺走，但最终他回来了。"我明白她的意思。

渐入佳境

想要看到彩虹，就必须忍受雨水的洗礼。

——多莉·帕顿

为改善所在医院和地区的创伤救治现状，许多人付出了努力和热忱。渐渐地，英国创伤患者的护理终于有了改善。他们之中，有由迈尔斯·欧文在 1988 年牵头成立的皇家外科医师学会创伤委员会的成员。不过遗憾的是，我们当时有关可避免的死亡的研究的影响并未持续下去。

1986 年，当我离开伦敦前往牛津时，新建的 M25 高速公路因交通事故频发一度引发了人们的担忧。在黑尔菲尔德医院培训期间，为了救治当地的急诊病例，我曾无数次在这条公路上往返。这段经历对我来说是宝贵的学习机会，然而对我的患者而言，只能寄希望于运气了。毕竟快的话我在几分钟内就能赶到，但若耽搁起来，可能要在几天后才能到达他们身边。

同年，皇家伦敦医院和蔼的事故与急诊科专家阿拉斯泰尔·威尔逊医生致函新苏格兰场[1]警务助理处长，传达的核心观点如下：

> 目前，由于我们无法在事故现场提供专业救治，宝贵的生命正在逝去。此外，由于当前的救护车转运时间较长，加之在途中通常不会进行充分的持续复苏，导致创伤患者的死亡率进一步升高。

当然，伦敦注定要成为一个创伤医疗的重镇，并引领这一专业。但不寻常的是，在这一进程中起到关键作用的不是政治因素，而是一次机缘巧合。第二年，威尔逊又写了一封信：

> M25高速公路上每天都发生着惨剧，然而我们的创伤救治水平却不尽如人意。除非使用配有专业人员和设备的直升机转运患者，否则这种惨剧可能愈演愈烈。尤令我担忧的是，在这个国家，没有人接受过专业的灾难急救培训。

当然，很多人都知道，在美国的创伤中心，使用配备急救人员的直升机转运患者已经是常规操作。伦敦空中救护服务的档案资料显示，一次偶然的网球场闲谈促成了这一模式在英国的实行。当时，伦敦皇家医院外科医生理查德·厄拉姆的妻子在与联合报业公司董事长的太太闲聊。她们刚好聊到德国先进的创伤救助方法，而这次对话意外地为慈善合作关系的建立埋下了伏笔，并最终为伦敦的第一架急救直升

---

[1] 新苏格兰场是伦敦警察厅总部所在地，同时也是伦敦警察厅的代称。——编者注

机提供了启动资金。不用说，向来以守护国民健康为己任的国家医疗服务体系并未出资，我认为这终究是一个错误的决定。强调可避免的创伤死亡人数，对推动伦敦空中救护服务的完善起到了一定作用。据预测，院前急救的改善，每年在大伦敦地区可以挽救约200条生命。

联合报业公司慷慨解囊，同意出资400万英镑，用于购置第一架急救直升机，支付相关人员的工资，以及承担前四年的运营成本。这一举措得到了时任首相玛格丽特·撒切尔及其政府的大力支持。让人欣喜的是，在那之后不久，1988年12月，法国宇航公司的SA-365N直升机抵达了英国，英国直升机急救服务就此诞生。不用说，这项服务仍完全依靠慈善捐赠运作。有趣的是，它的首次任务并非转运创伤患者，而是将一名器官捐献者从苏格兰转运到伦敦。正如我们所说，器官捐献是创伤领域的一个重要分支，但两者却位于生命天平的两端。因护理不当而死亡的创伤患者越多，意味着可用于移植的供体器官就越多。这就是生命抑或死亡的残酷现实。

到了1990年，急救直升机上配备了一名医生和一名伦敦救护车系统的急救人员。考虑到这项服务需要持续的资金支持，该服务得到了广泛宣传。但遗憾的是，并非所有宣传都是可信的。那年6月，《泰晤士报》刊登了一张直升机降落在哈默史密斯的照片，并配文称："街头奇景——居民们目瞪口呆地看着一架急救直升机降落在伦敦查令十字医院外的富勒姆路。"这则报道一出，立即引起了人们的关注，自然也有很多人提出了质疑。

另外一次争议是由伦敦动物园发生的一起狮子袭人事件引发的，受伤的是一位年轻人。在距离事发地不到一英里的地方，就坐落着英国一个主要的教学中心——伦敦大学学院医院。然而，直升机却大费周章地前往现场,并将患者运往了皇家伦敦医院。就这样,两家医院之间的争执公开上演,类似的争议事件也接连发生。直升机急救服务的本意是提升创伤救治的水平,然而,当一项服务完全由媒体资助时,则很难不受其影响。

在大多数医院的急诊科里,骨折的发生频率远高于器官损伤。有鉴于此,英国骨科协会着手改善这一状况。该协会详细审查了国家医疗服务体系的创伤救治服务,结果显示与欧洲其他地区相比,英国在创伤救治方面的发展远远滞后。也是在那个时候,牛津开始变革。

当时,我们医院的首席执行官是奈杰尔·克里斯普,这位毕业于剑桥大学哲学专业的学者,现已成为克里斯普勋爵。克里斯普曾先后执掌伦敦医疗服务体系和整个国家医疗服务体系,也早已目睹了我所属科室取得的巨大而颇具争议的进步。1993年的一个早晨,两位有创新精神的年轻骨科医生——基思·威利特和彼得·沃洛克敲响了他办公室的门,恳请他支持他们为广袤的牛津地区设计的一套改进创伤服务的方案。他们认为,由于"黄金一小时"极为关键,医院必须有一位创伤外科医生24小时待命,这是确保每位患者都能得到专业救治的唯一途径。不过他们深知,这项提议注定会引发争议。

威利特经过数月的精心策划,制订了一项周详的方案。正如克里斯普所说:"这是首席执行官梦寐以求的方案,作为一项经过深思熟虑的提议,它能够在不增加额外成本的情况下提高创伤救治服务质量。他们预见到其他岗位的职责将会发生变化,护士将承担一些过去属于医生的任务。"我们已在心脏外科手术中开创了先例,由优秀的执业护士负责患者的术后护理,协助患者在我们的快速康复病区康复。在与皇家外科医师学会和皇家护理学会进行了激烈争执之后,我在手术室引入了美国式的外科执业护士，协助我们采集冠状动脉搭桥手术中所需的腿部静脉。事实证明，其技术比规培医生更出色。牛津已习惯于打破常规。

威利特和沃洛克培训了一批高级执业护士，让其负责管理创伤患者，同时引入了"创伤技术员"这一新角色，以接管医生和护士的各种职责。他们甚至组织了一个研究项目，以评估新的医院排班对外科医生及其家庭的影响，以及对改善患者护理的整体效果的影响。正如预料的那样，医学界人士强烈反对外科主任医师要像住院医师那样在医院值班并过夜。他们担心这只是个开始，此后，医院管理层可能会变本加厉，要求所有主任医师全天待命。此外，正如他们当初反对我们心脏外科的改革提议一样，他们对护士职责范围的扩大感到不满。这种反应是错误的、自私的，甚至是可悲的，完全无视了多年来护士在传统急诊科中发挥的重要作用。

从剑桥到伦敦皇家自由医院，再到圣托马斯医院，我的妻子萨拉作为急诊科护士长，一直负责组织创伤患者的救治工作。紧急情况下，特别是在夜间，当现场只有经验不足的住院医师时，护士还能做什么呢？犹豫不决无济于事。此时的护士长就像团队里的"蜂后"。每当萨拉呼叫支援，外科医生们都会跑着赶来——哪怕只是为了与她共度一些时光。

正如克里斯普勋爵所回忆道的："我清楚地记得，当时那位皇家外科医师学会代表，是如何在面试中劝退应聘我们所需的三个新主任医师职位的候选人的。他没成功。我们在1994年任命的那三个才华横溢的年轻医生，对投身这项极具前景的服务事业充满热情，他们坚信这代表了未来的方向。"

也许彼时那令人恼火的自私态度，可以解释为什么该学会的创伤委员会在五年前提出的建议未能取得实质进展。而牛津正在酝酿一场革命，创伤骨科手术开始与择期手术分开进行。另外，当神经外科医生迁至牛津的主院区后，我们具备了一个一线创伤中心所需的一切条件——包括一个已用于转运供体器官的直升机停机坪。不过这还不是关键。诚如皇家伦敦医院的罗斯·达文波特所言："创伤中心要成为专科医院，而不仅是拥有各种专科的医院。"

英国国家医疗服务体系是高度集中且政治化的，若不付出艰苦卓绝的努力，变革是不会发生的。当然，外科医生如果能在政治上拥有话语权，对推动变革是极有帮助的。圣玛丽医院的外科学教授阿拉·达尔齐勋爵成为英国卫生部政务次官之后带来的一系列改变是为例证。2007年，阿拉·达尔齐勋爵对伦敦的医疗服务体系进行了全面审查，证实了大众对创伤救治体系的诸多缺陷以及由此导致的生命损失的担忧。正如我们20年前所强调的那样，鉴于创伤护理体系一再被证明不尽如人意，这一落后的体系确实亟须改革。

达尔齐正式提议在伦敦建立一个"中心辐射式"的救治体系，以便将重度创伤患者直接转运至少数几个重大创伤中心。这一方案最终得以实行。伦敦被划分为四个区域，每个区域都设有一个专门的创伤中心。入选医院包括位于伦敦西北方的圣玛丽医院（达尔齐所在的医院），东北方的皇家伦敦医院，以及南岸的圣乔治医院和国王学院医院。

随后，达尔齐又撰写了一份关于英国创伤救治体系的报告，不出所料，牛津成为下一个指定的创伤中心。事实上，我们已经扮演了这一角色。那个年代，国家医疗服务体系会任命癌症或糖尿病等特定领域的专家为国家临床主任（我们称其为"沙皇"）。显然，创伤护理体系的重组也需要一位"沙皇"来掌舵。还有谁比基思·威利特更合适？他可是这一领域的权威。

2009年，威利特被任命为国家创伤护理临床主任，负责在国家医疗服务体系之下构建创伤患者区域救治网络。这一任命可谓恰逢其时，因为次年国家审计署的一份报告显示，牛津是唯一能提供全天候创伤救治服务的地方，而在英国其他地区，64%的重度创伤患者仍无法得到高级医护人员的治疗，这令人震惊。

在这个阶段，指定的重大创伤中心配有全天候救治所需的设备与人员，将为周边三四百万人口提供创伤救治服务。与此同时，院前急救也有了一套规范化操作流程，以确保患者能在合理时间内被转运到合适的医院。在牛津，急诊科始终配有一位主任医师级别的抢救负责人和一个经验丰富的护士团队。在这里，患者全天都能接受X光和CT扫描检查，实验室和血库也随时可以提供支持。此外，骨科、神经外科、整形外科、血管外科、心胸外科的专家与麻醉师都随时待命。所有外科医生都必须学习"高级创伤生命支持"课程，而针对急救人员，则专门设计了一套全新的院前生命支持课程。

为了判定哪些患者需要直接送往创伤中心救治，我们基于患者重要指征，包括创伤的解剖部位、事故情况及其他可能影响决策的因素，设计了一套四级分类法。第一类是所有失去意识的患者以及血压低于90毫米汞柱的休克患者，他们都应直接被送往创伤中心。第二类是遭受严重胸部创伤或创伤性截肢的患者，颈部、胸部或腹部受到穿透伤的患者，以及颅骨、骨盆或脊柱骨折的患者。第三类是具有明显的高风险（如在出现死者的高速减速事故中受伤，或从20英尺以上高度

渐入佳境 169

坠落）损伤机制的患者。第四类是身体有特殊情况的创伤患者，包括妊娠期妇女、病态肥胖者或血友病患者，此类人群需要转送到创伤中心接受专业救治。

鉴于上述几类危重创伤患者病情的紧迫性，他们的转运时间应当不超过30~45分钟。尽管一开始，急救人员对于舍近求远地跳过近处的综合医院，将患者送往更远的创伤中心不太适应，但过往经验表明这是正确的选择。几个月后，人员与设备的配置更完善的创伤中心显著降低了可避免死亡的发生率。纵观整个伦敦的创伤急救网络，救护车的转运时间相对较短，有93%的患者能在30分钟内到达医院，74%的患者能在20分钟内到达医院。而且在这一阶段，对大多患者的处置原则仍然是"拉起就跑"。

然而，在这一大背景下，直升机在创伤救治中扮演的角色引发了公众的争议。在皇家外科医师学会创伤委员会任职期间，基于我在美国的经验，我一直坚定倡导将直升机转运引入英国的创伤救治体系。在我的设想中，直升机主要服务于高速公路车祸伤者或偏远乡村地区患者的长途转运，因为在这些情况下，救护车的转运时间可能过长。在市区使用直升机是有争议的，此外，为这项服务提供支持的各慈善机构间的竞争也是个问题。在伦敦市中心让具有干扰性的直升机降落，是不是推进这一倡议的明智之举？

之后的1993年4月24日，伦敦主教门发生了卡车炸弹爆炸事件，一名路人当场死亡，另有44人受伤。一架急救直升机随即抵达现场，某电视摄制组尾随其后。急救人员在现场展开了急救，甚至还做了手术，这是场彻头彻尾的"医疗秀"。摄制组将镜头对准受害者，全然不顾其隐私。而就在事故现场附近，有好几家设有急诊科的教学医院，不禁令民众质疑院前急救的必要性和伦理性。这次事件也为那些反对引入急救直升机的人士提供了有力论据。

紧接着，1993年平安夜，在基斯梅特印度餐厅外又上演了一场"成功的街边心内直视手术"。空中救护慈善机构在其广告宣传中说：

> 这是全球首例成功的街边心内直视手术，挑战了复苏救治的指导方针。医生的勇气和突破传统的方法，开拓了院前急救的疆域，时至今日仍有生命因此得救。

真的吗？我当然为这份努力喝彩。每一个因当机立断的干预而挽救的生命都值得庆贺。但实际上，早在1896年9月，法兰克福的医生路德维希·雷恩就已经做过类似的手术，自那时起，外科医生们就一直在为穿透伤患者实施院外开胸手术。在马路上为"咖喱餐厅"的客人进行手术表演，实在算不上什么医学突破。此外，这种哗众取宠的宣传招致了诸多非议。遗憾的是，尽管初衷是好的，现在许多关于院前救治的电视节目也常常令人尴尬。

到了1994年，卫生部决定仔细审查伦敦空中救护服务的表现。当然了，客观研究往往会得出和奇闻逸事迥然不同的结论。那次审查结果后来被称为"谢菲尔德报告"，它告诉我们：相较于一般情况，没有证据表明接受空中救护的患者的生存率有所提升或健康状况有所改善。有批评者认为，这笔资金或许应该用在其他地方，但一些受宣传影响的民众却义愤填膺地支持空中救护。就在这个当口，理查德·布兰森和维珍集团挺身而出，买下了这架直升机，并将其喷涂成鲜红色，在机身上印了维珍集团的标志。理查德表示："我想是时候回报社会了。"在海外时,他本人曾接受过五次直升机急救。当然,所有捐款都享受了税费减免政策。

空中救护服务最重大的贡献,或许要数在夜间行动中引入快速反应车辆。1999年10月5日,帕丁顿车站发生了一起惨烈的列车相撞事故,当时唯一的急救直升机因机械故障停飞。在那次事故中,空中救护服务通过陆路向事故现场派遣了四支精英创伤救治团队,并与常规救护团队紧密协作,齐心开展分诊工作。不幸的是,这起事故最终造成31人遇难,超过220人受伤。[1] 距事发地点咫尺之遥的圣玛丽医院则承担起了救治的重任,并得到了附近的哈默史密斯医院、切尔西和威斯敏斯特医院等一流医院的鼎力相助。

在院前急救环节,顶尖创伤救治团队具体会做些什么呢?类似法国创伤救治体系的做法,他们会先为患者开放静脉通路,进行液体复苏,随后进行气管插管。正如我们所说,这两个步骤都可能是挽救生命的关键,但同时也有潜在风险。在我们的院前急救人员给创伤患者进行液体复苏时,美国同行已经发出了警告。

我强调过,我们无法通过在路边测量生命体征来准确判断患者的失血量。现实情况下,人体生理反应并不是按照固定的时间框架以可重复的方式发生的。例如,在严重出血时,患者可能出现心率减慢的情况。为什么会这样呢?有一种理论认为,人体对出血有两个阶段的反应。开始时,因恐惧而释放的肾上腺素会导致小血管收缩,进而使心率迅速加快,血压升高。随后,患者的心率可能会减慢,这可能是由控制心脏、肺和肠道功能的迷走神经引起的。有人推测这与腹腔内

---

[1] 媒体对本次事故受伤人数的报道不尽相同。

脏出血对迷走神经的刺激有关。无论原因如何,事情并非表面上那么简单。颅压升高,药物影响,以及老年人生理反应的减弱等,都可能让情况变得扑朔迷离。

1994年,美国一个有关失血性休克复苏的专家小组发布了一份报告,其中的临床和实验数据表明,在手术止血前限制甚至避免液体复苏可以提高患者的生存率。气管插管能保护无意识患者的气道,然而一旦空气漏入胸腔,可能会进一步加剧肺部损伤。因为正压通气会加剧肺部气体泄漏,导致气体在胸腔内积聚。此外,包括心脏在内的纵隔结构可能会被气体挤压至对侧胸腔,从而压迫未受损的肺叶,形成所谓的张力性气胸,而这需要通过插入胸腔引流管来迅速缓解。

院前急救的医生和高级护理人员都接受过气胸穿刺减压的培训,即将针插入肋间进行减压。这听起来简单,但实际操作并非想象中那么容易,尤其是在面对肥胖患者时。此外,美国的一些研究表明,院前急救人员往往严重高估了创伤性气胸的发生率。一份报告指出,平均每一例确诊的张力性气胸病例,会伴随20次盲目的穿刺操作。即便有刀伤或枪伤,那些在接受呼吸音检查时仍意识清醒的患者,其张力性气胸的发生率也仅有0.3%。另一项研究报告称,60%的张力性气胸完全是院前正压通气令肺表面的薄壁囊肿破裂所致。

他们也都接受过院外胸腔引流管置入术的培训。这是连我都不愿意在没有仔细查看胸部X光片的情况下去做的事情。我之前在《刀锋人生》一书中已经提到过盲目置管的危险。随意插入的引流管可能会刺穿心脏和肺部,有些甚至会穿透膈肌进入腹腔。不仅如此,直升机急救人员甚至认为,对于疑似心脏刀刺伤的患者,应该在现场就打开其胸腔。这些都写在了与"高级创伤生命支持"有关的指南里,并得到了个性张扬的血管外科医生卡里姆·布罗希的大力推崇,他也是一名直升机急救医生。

布罗希建立了一个名为"Trauma.org"的自助网站,推广紧急开胸手术。根据该网站的指引,紧急开胸手术适用于以下情况:"贯通性胸部损伤伴有对复苏无反应的低血压(低于70毫米汞柱,这种情况下,美国人甚至不会输血);患者出现心搏骤停;钝性胸部损伤伴有对复苏无反应的低血压;胸腔引流管出血汹涌(出血量大于1 500毫升)。"言外之意——这是手术刀,你可以开始了!只要你有把握能处理好胸腔内的情况就行,开胸只是最简单的部分。

虽然我在急诊科成功做过许多开胸手术,但我个人从未见过院外开胸术后存活的病例。遗憾的是,我们团队曾被叫去为患者重新缝合胸腔,因为胸腔内并未发现任何严重问题,而打开胸腔的人却不知道接下来该怎么做。这让人感到无所适从。2003年,美国外科医师学会指出:"尽管英国、德国、西班牙和日本提倡在创伤性心搏骤停时实施院前开胸手术,但我们并不期望急救人员进行这一操作。"我想补充一点:非外科医生也不应该做这个手术。大多数由慈善机构资助的急救直升机和急救车辆上配备的都是志愿者和热心人士,他们专业背景不同,所接受的培训的水平也参差不齐。在牛津,尽管有些人是全科医生,但并非急诊科医生或外科医生。

当人们接受了某项技术的培训,并被赋予自由施展的空间时,自然会想要付诸实践。我刚学会颅骨钻孔时也是这样。但我们必须认识到,每个医疗操作都伴随一定的风险。

尽管如此,值得赞扬的是,伦敦直升机急救服务在探索这一治疗方法上可谓走在前列,每一条从死神手中夺回的生命都弥足珍贵。一项对 1993 年至 1999 年经历创伤性心搏骤停的患者进行的回顾性研究显示，在 39 名接受院前开胸手术的患者中，有四名患者活着出院了。其中三人没有明显的脑损伤，一人则出现了严重的功能障碍。

伦敦拉开了这场变革的序幕，而我们的首要任务是在全国范围内建立一个创伤中心网络。为此，我们组建了一个由相关外科医学专家、护士、国家医疗服务体系管理人员及其他医疗人士组成的国家级顾问团队。最终，我们建立了一个以患者为中心，涵盖院前急救、复苏、早期手术乃至创伤康复等环节的重度创伤救治体系。我们提供了明确的指导方针，而每个地区可以根据自身的地理和人口特点进行相应调整。最重要的是，我们要确保患者能够在正确的时间、正确的地点得到恰当的救治。

伦敦的医院所覆盖的地理范围相对较小，救护车能在短时间内将伤员送往四大创伤中心中的任意一所。然而在乡村和其他城市，通常只有一家教学医院拥有创建创伤中心所需的各专业的外科医生。为解决这个问题，国家医疗服务体系创建了一个三级分诊体系。一些医院被指定为重大创伤中心，如果患者无法在 45 分钟内抵达，患者可以被送往其他二级创伤救治机构接受治疗。其余医院则被归为负责处理轻伤的地方急诊医院。此外，在 12 家区域教学医院，以及伯明翰、利物浦、曼彻斯特和谢菲尔德的四家儿童医院还设立了专门的儿童创伤救治中心。

由于当时还没有全国性的空中救护服务，预计转运时间较长的重度创伤患者会被优先送往最近的二级创伤中心进行复苏，控制危及生命的出血。所有综合医院都配备了骨科和普外科医生，但颅脑损伤和胸部创伤患者只有到了重大创伤中心才能得到专业救治。抵达事故现场的急救人员会评估伤情，以决定患者的去向。通常情况下，这套机制运转良好，但有时也会出现问题。在现场的初步评估并不总是准确的，毕竟急救人员无法看到体腔内的具体情况。

截至2012年，英国约6 000万人口的创伤救治任务主要由26所重大创伤中心承担。这些创伤中心共同救治了约16 000名患者，其中约12 000人是被直接送往创伤中心的，其余需要专科手术的患者则是从二级创伤救治机构转诊而来的。可喜的是，能够立即接受由主任医师领衔的专业团队救治的患者的比例，从2011年的50%升至2013年的75%。对于无意识的患者，接受气管插管和人工通气的比例也有显著提高。45%的诊断性CT扫描能在患者入院后30分钟内完成，90%的头部外伤患者能在入院一小时内接受CT扫描。总的来说，在全国范围内，创伤致死率下降了20%。

终于，我们的不懈努力有了回报。后来，美国提出了所谓的损伤控制复苏策略，旨在解决院前过度实施液体复苏的问题。随着时间的推移，在创伤患者的救治过程中，急救人员和医生们逐渐接受了"容许性低血压"这一概念。旨在避免遵照最初的"高级创伤生命支持"指南进行院前液体复苏所导致的创伤致死性三联征，即凝血功能障碍、低体温和代谢紊乱。尽管出发点是好的，但在院前急救阶段为患者快速、大量地补液并不是明智之举。这就像给新冠肺炎患者进行机械通气一样，这种做法更多时候伤害了患者，而不是救了他们。因此，容许性低血压旨在让创伤患者的术前血压维持在65毫米汞柱左右，即刚好能在手腕处触及脉搏的程度，这也与我那些使用体外循环的心脏病患者的血压水平一致。如果患者的血压更低，需要补液，那么应该输注有助于凝血功能的血液制品，而非会破坏凝血功能的普通液体。

道理其实很简单，即便不是医生或急救人员也能理解。

2010年，我利用一台高速旋转式血泵，成功帮助一位患者创造了当时世界上人工心脏植入者的最长存活时间纪录。这台血泵的独特之处在于，它能够通过高速叶轮的持续运转不断产生血流。患者在使用该血泵时实际上是无脉搏的。它不会像一般人工心脏那样充盈和射血，也不同于早期的搏动式全人工心脏及左心室辅助装置。令许多人惊讶的是，我的那些体内安装了这一装置的患者，尽管血压始终维持在80~90毫米汞柱，他们的大脑和其他器官的功能都十分正常。由此可见，将创伤患者的搏动性血压提升至100毫米汞柱以上的传统做法根本站不住脚，这种追求反而给无数患者造成了痛苦。

美国《重症监护》杂志在2008年发表的一篇文章指出：

> 现有证据表明，没有任何一项单一的院前干预措施能让患者真正受益。此外，有关院前气管插管的研究数据显示，尤其是对头部外伤患者而言，这一操作可能弊大于利。而对于那些没有头部外伤但需要立即止血的患者来说，气管插管就更不可能让他们受益了。在院前环境下进行这些干预，只会延误出血患者在医院接受真正影响预后的必要救治。

这篇文章已经说得很明白了。下面我想分享一个近期发生在伦敦街头的奇特案例。一辆配备有两名国家医疗服务体系急救人员的救护车接到通知，一位年轻男子被手枪击中了颈部。他们到达时，发现这名痛苦的患者躺在人行道上，但意识完全清醒，呼吸顺畅，只是极度的焦虑和疼痛导致他血压升高。他回忆了事发经过，说有一名骑摩托车的男子从他身旁经过时停了下来,从夹克口袋里掏出手枪,近距离向他开枪。果然,急救人员在他的喉部左侧发现了子弹入口,他们判断该伤口靠近气管。不过,尽管颈部主要血管离伤口非常近,他没有明显的出血。小伙子很幸运。显然,这是一颗低速子弹,由于没有出口伤口,可见子弹还在他的颈部。接到任务时,急救人员被告知要将患者状况汇报给独立的直升机急救机构,由该机构决定是否需要其介入。从那时起,事情变得越来越离奇。

急救人员通过无线电清晰地解释了他们的发现,计划将受害者迅速送往最近的重大创伤中心,那里距此约三英里,车程只需五分钟。考虑到患者主诉左手发麻,他们建议用外部颈托固定头颈,以防子弹压迫脊髓或控制手臂的神经丛。然而,未了解具体情况的直升机急救机构远程给出的建议是不要这么做,因为要优先确保患者气道通畅,呼吸正常。因此,尚能正常呼吸和说话的患者,自己走上了救护车。急救人员再次检查了他的脉搏、血压和血氧饱和度,所有指标都正常。他唯一的不适依旧是左手发麻,因为那颗子弹压迫了神经根。

故事讲到这里,我想补充一点背景信息。其中一名急救人员是我非常敬重的年轻人,他是我儿子的同学,毕业后参军入伍,曾在中东地区服役。他曾在战场上冒着枪林弹雨救助战友,这一经历让他决心成为一名急救人员。创伤中心已做好迎接患者的准备,救护车便立即启程。然而,行驶了没多久,他们就接到了救护车调度中心的无线电通知,要求他们停下,等待直升机急救机构的医务人员到场评估患者。这让人费解不已,附近有那么多医院,为什么要特意派一名医生去现场呢?显然,他们对急救人员的能力存在疑虑。

然而,医生的评估结果与急救人员的判断如出一辙——患者生命体征平稳，脉搏、血压和血氧饱和度的指标均在正常范围，意识清醒，能够清楚描述事件经过。那些多管闲事的人连续两次尝试为患者插入静脉导管以补液，而他显然并不需要。在这些徒劳的尝试之后，救护车才被允许前往医院，医生的车紧随其后。就这样，这位轻伤患者在一名医生和三名急救人员的护送下前往医院。

在我看来，这种干涉患者救治过程的行为简直不可理喻。国家医疗服务体系怎么能容忍一个慈善组织做出这样的事情？我的急救员朋友既没有抱怨，也没有透露内幕。我只是随口问了一句，我们上次见面后，他是否遇到过什么值得一说的病例，然后追问了一下这个荒诞的故事。他是一个渴望学习的年轻人，经常向我请教该如何应对难题。然而，院前急救组织之间的恶性竞争似乎是一个反复出现的问题。急救人员说，赶到事故现场后，他们被要求在原地等待直升机的到来，而不是立即将患者送往医院。这真令人沮丧，对患者来说更是雪上加霜。那么，这套体系究竟是如何运作的呢？

每年，伦敦的直升机救援服务需要耗费约 1 050 万英镑。该服务会派遣一名医生和一名急救人员，前往事故现场或危及生命（如心搏骤停）的医疗事件现场。但别忘了，直升机的出动和降落需要时间，危重患者可等不起。这一大笔经费主要来自慈善捐款，不过，每 1 英镑中有 53 便士都用于筹款活动，真正用于急救服务的钱款还不到 50 便士。该服务机构称，要将"民用医疗服务与航空和军事实践相结合"，在现场为危重创伤患者提供高强度的救治。换言之，它扮演的是"就地抢救"的角色，包括在街头实施手术，而国家医疗服务体系下救护车的主要任务是"拉起就跑"。

那么，空中救援组织是如何找到患者的呢？一名空中救援组织的急救员会坐在国家医疗服务体系的救护车调度中心内，每天监听和问询超过4 500通的999紧急呼救电话，从中筛选出可能需要创伤团队响应的病例。与此同时，一名"经验丰富的创伤救治团队的医生"和一名高级急救人员则在一旁待命，他们平均每天出诊5次。因此不足为奇的是，当他们接到出动指令时，总是想要有所作为。目前，英国有20个独立的区域性空中救援组织，其拥有的直升机数量共计37架，这些组织虽遵循相似的运作准则，但彼此之间存在竞争。

创伤救治中，最重要的是将患者尽快送入手术室，由专业外科医生进行手术。正如一位著名急诊医学专家所言："直升机只是运输工具，而非治疗手段。"多项研究也指出，除非事故现场距医院超过45千米，否则空中运输并不能加快患者的入院速度。原因如下：城市里通常都有常规救护车站，急救人员就在附近，警报一响随时可以出动，而直升机在被派往指定着陆点之前，还需要做后勤规划，这必然会造成延误。一项发表在某外科期刊上的报告表明，取消区域直升机服务，并没有对创伤死亡率产生任何负面影响，反而还缩短了运输时间。《英国皇家外科医师学会年鉴》刊登的另一项研究，详细分析了牛津郡、威尔特郡和伯克郡的直升机在20个月内送往同一家医院的患者的情况。在111例数据充分的病例中，有45例被诊断为轻伤，接受简单治疗后就出院了，只有24例需要手术治疗，其中10例在术后转入重症监护室。考虑到每次直升机救援行动的成本至少有6 000英镑，而这些钱本该花在危重患者身上，身为外科医生的研究者们对急救管理部门的粗放式分诊决策提出了严厉批评。

作为当年坚定推动皇家外科医师学会创伤委员会引入直升机救援的倡导者，我仍然相信空中救护服务具有重要的意义，特别是在救治乡村地区那些极度依赖"黄金一小时"的重度创伤患者时。然而，我认为这项服务本应被纳入国家医疗服务体系，而非由各个独立的慈善机构来运营。归根到底，还是要用统计数据说话，而不是仅凭个案来评估这项服务的价值。我想说，直升机上的医生和急救人员的辛勤付出是有目共睹的，无数因此受益的患者都心怀感激，民众也对他们怀有敬意。但仅仅因为救援行动是在医院外展开的，媒体就大肆渲染，甚至对一些再简单不过的操作大加赞颂，实在没有必要。

　　读到这里，如果你觉得我是院前急救的反对者，那就大错特错了。事实上，从过去到现在，我一直致力于研发一种新型便携式机械辅助循环装置，用于拯救院外心搏骤停的患者，帮助危重患者平安地由普通医院转运至心脏专科医疗中心。但我坚信，在条件允许的情况下，急救必须在明确诊断的前提下于可控环境中进行，并需要合适的人员、药物和设备，而只有医院才具备这样的条件。

修补一颗破碎的心

> 昨天的我聪明绝顶,渴望改变世界。今天的我充满智慧,决定改变自己。
>
> ——鲁米

在我治疗过的全球范围内的数百名胸部受伤患者中,真正需要手术的患者相对较少。通常,严重的冲击会导致肋骨骨折,随后,断骨的尖角可能会刺破海绵状肺部的表面。血液或空气,或二者兼有,会渗漏进胸腔,导致肺组织坍塌。大多数穿透伤都会导致这种后果。此时,通常只需要在患者的肋骨之间插入一根塑料引流管,然后用负压吸引器排出胸腔内的血和空气。这是一个简单的排空胸腔让肺部再次充分扩张的过程。只有当血块凝结,无法通过引流管排血时,我们才会进行手术。如果不这样做,患者的肺组织将永远无法完全扩张。除非患者的胸腔内存在器官受损的情况,否则这基本上就是胸部损伤的处理方法。当然,镇痛也很关键,我打橄榄球时曾经折断过肋骨,那真的很痛。

毫无疑问,心脏和主要血管的严重损伤对我来说尤具吸引力。下面我会分享几例有意思的病例。在救治这些病人时,我采用了许多创新性技术，这些技术在我的职业生涯中挽救了无数生命。对于能活着到达医院的刀伤和枪伤病例，我们要做的往往只是简单地缝合伤口。排出心脏周围的积血，仔细地缝上几针，我们的工作就完成了，不需要使用心肺机。这些受害者大多是年轻男性，他们多能迅速恢复，然后继续惹是生非。

然而，钝性损伤可能复杂得多。作为一块充斥着加压血液的肌肉，心脏很害怕撞击。撞击的影响类似于心脏病发作，但我们称之为心肌挫伤，而非心肌梗死，它会导致血流量迅速下降。

想象一下，心脏位于胸部中央，紧邻胸骨和脊柱。在高速损伤中，尤其是对于没有系安全带的司机而言，心脏会受到两者的挤压，其所受的作用力与车速成正比，与刹车距离成反比。这是科学的说法，换言之，可怜的心脏被两块坚硬的骨头夹击，而位于最前方且室壁较薄的右心室则首当其冲。在这种情况下，大多数患者的心肌会出现局部坏死和破裂出血的情况，然而，对于多发伤患者来说，心脏损伤在初次评估时往往被忽视。讽刺的是，我救治的第一例危及生命的心脏创伤病例十分罕见，其病情与减速伤无关。

一位64岁的木匠在用车床打磨工具时，旋转的砂轮突然从轴承上脱落，高速击中了他的胸部正中央。这块沉重的砂轮如巨锤般砸向他，在他胸前留下了一个圆形瘀痕，并将他击倒在地。送到急诊科时，他已经处于严重休克状态，颈静脉扩张提示了心脏压塞的可能性。我在急诊室对他实施了左侧开胸手术，切开心包引流出血液，发现左心室顶部有一个撕裂口。随着血块在有限的空间内积聚，他的血压急剧下降，出血已自行停止。我用特氟龙垫片在心肌边缘缝合了几针进行加固，问题就解决了。因为在来医院的路上，他体内微妙的平衡没有被破坏，而且他很快就被送到了医院，他最终活了下来。如果他接受了院前急救，就可能是另一种结局了。他的心脏损伤与心肌梗死后的心脏破裂非常相似，这种情况通常会导致猝死。

不久之后，我被叫去会诊一名3岁女童，她在父母的农场被马踢中了胸部。尽管这场事故令人不快，但除了胸部壁上的瘀伤，她似乎并无大碍。在儿科病房观察了一晚后，医生便让她出院回家了。六天后，她变得无精打采，呼吸明显变得急促，似乎没有任何原因能解释这些症状。然而，当她的全科医生用听诊器检查她的胸部时，听到了一个刺耳的心脏杂音，这让他立即警觉起来。可怜的小女孩被送回了医院，超声波扫描显示她的心脏周围有一层薄薄的液体，更重要的是，她的两个心室之间有一个孔洞，在第一次入院时这一问题还未出现。这就是我们所说的外伤性室间隔缺损。剧烈撞击导致局部心肌梗死，就像成人心脏病发作一样，那块坏死的心肌已失去功能，在心脏上形成了一个洞。

在救助那位木匠时，我们第一时间就为他做了手术，但对这个小女孩来说，立即手术并非明智之举。3岁孩子的心脏还很小，而且新坏死的肌肉不太容易缝合。因此，前六周心脏科医生先用利尿剂为她缓解呼吸困难的症状，然后，等到创伤区域的心肌被疤痕组织加固后，我才为她实施了手术，修补了缺损。这个手术很简单，只要用心肺机维持她的血液循环，用冷的高浓度钾溶液使心脏处于舒张状态，然后用一枚10便士硬币大小的涤纶补片修补缺损。操作简单，但效果显著。令人欣慰的是，小女孩恢复得很好，只不过现在远离了马匹。

这两例病例都极不寻常。相比之下，道路交通事故虽然频发，但需要紧急手术的严重心脏损伤却很少见。这是为什么呢？因为伤者往往在到达医院前就死亡了。严重受损的心脏撑不了多久,但我似乎总遇到这样的病人。我曾经接诊过一位35岁的司机,他在牛津附近的高速公路的内侧车道迎面撞上了一辆抛锚的卡车的车尾。由于没有系安全带,他的胸骨高速撞向了方向盘,但胸骨和肋骨都完好无损。幸运的是,他因腿部骨折和轻微颅脑损伤被送进了医院。当时除了轻微的不适和瘀伤外,没有发现明显的胸部损伤,但五天后,他开始呼吸困难,心率异常加快。

当骨科住院医师用听诊器检查他的心脏时,在胸前区听到了响亮的杂音,于是请心脏科医生会诊。随后的超声波扫描显示,他心脏左侧的二尖瓣严重关闭不全,胸骨后方的右心室明显扩大,且收缩功能较差。这些不妙的发现表明两个心室间的肌性间隔遭受了严重的钝性创伤,支撑二尖瓣的乳头肌也受到了牵连。这与被马踢伤胸部的小女孩的情况类似,只是表现形式不同。

心脏科医生试图用利尿剂来缓解症状,但效果不佳,于是他们请我来开胸探查瓣膜,看看是否可以修复。但当我为患者连接心肺机,让心脏停搏,检查瓣膜时,它看起来似乎很正常。问题出在功能机制上,受损的是瓣膜下方的乳头肌,而非瓣叶本身。我不想切除一个外观正常的瓣膜,便尝试通过缩小瓣口来修复它,希望随着时间的推移,乳头肌能够恢复功能。然而事与愿违,患者的症状并没有得到明显改善,瓣膜仍有反流,减少利尿剂的用量后,患者的肺部再次充满了液体。我别无选择,只能在一周后再次为他进行手术,用机械瓣替换故障的瓣膜,而这意味着他需要终身服用抗凝药物。此后他恢复得很快,没再出现任何症状,但很后悔当初没系安全带。如果我听起来像是安全带推销员,那并非我的本意。我只是不愿意看到年轻的生命在本可避免的情况下白白逝去。

为了强调系安全带的重要性,我想分享一个19岁"飙车男孩"的故事。一天傍晚,他在乡间公路上飞驰,前方突然出现一只鹿,他急打方向盘躲避,结果车子高速撞上了一棵橡树。几分钟后人们才发现他,他当时已不省人事,但尚有呼吸,头和脸血流不止。幸运的是,他没有接受侵入性院前急救。入院后,他的头部外伤成为医生关注的重点。尽管他的胸壁因撞击方向盘而挫伤,但医生认为他的胸片一切正常。第二天,他恢复了意识,脱离了呼吸机,却变得焦躁不安,并反映胸部不适。医生将其归因于他胸部的挫伤,直到重症监护室一位机敏的护士注意到他的心率很快,血压也只有90/60毫米汞柱,警钟才敲响。虽然床边监护仪的心电图看似正常,但六导联心电图却显示出典型的心肌梗死症状。事故发生五天后,他仍感疼痛,医生为他做了冠状动脉造影检查。结果令人震惊:左心室主要供血动脉的近端像气球般鼓出,其内充满了血栓,远端血流缓慢。更糟糕的是,受累心肌的收缩力明显减弱。诊断是什么呢?剧烈的胸部撞击损伤了重要的冠状动脉,导致这位19岁的男孩发生了严重的心肌梗死。

他们问我对此有何看法。显而易见的答案是进行冠状动脉搭桥手术,以防这条重要的血管完全堵塞。我计划从胸壁内取一条动脉,连接到阻塞处远端受损的冠状动脉上。这条动脉是发自左臂主干血管的分支,它为女性的乳房供应血液,我们称之为乳内动脉。你可能会好奇,如果对女性进行同样的手术,乳房会因为缺血而坏死或脱落吗?答案是"不会"。胸壁上有许多动脉相互吻合,其他动脉会接管乳房的血液供应。人体真是奇妙。

当我打开他的胸骨,分离出这条动脉时,发现动脉周围有瘀伤,但血流状况良好。我甚至没有使用心肺机,也没有让他的心脏停搏。那时,我们正在摸索非体外循环下的冠状动脉搭桥手术,我还在牛津组织了首届教授该技术的大型国际会议。对许多与会者,尤其是那些经常背负法律责任的美国外科医生来说,这太令人生畏了。但其他人接受了这一理念,因为它能节省大笔资金。毕竟,心肺机和相关设备都非常昂贵。

非体外循环下的冠状动脉搭桥手术的效果能否赶上标准的冠状动脉搭桥手术?大多数情况下是可以的,我的这位患者就是如此。重新获得血液供应后,他那濒临衰竭的心肌重新振作起来,他不再感到疼痛。几个月后,当我在门诊见到他时,他自豪地告诉我,在来医院的路上他一直系着安全带。大多数接受冠状动脉搭桥手术的患者来找我时,都会和我说他们已经戒烟了。没想到开胸手术竟有如此奇效。

不用说,我遇到过的最严重的胸部创伤来自摩托车事故。摩托车手几乎没有什么保护措施,往往多处受伤。即便活着抵达医院,很多人也挺不过来。摩托车手罕有单独的心脏损伤,但这确实也会发生。

我曾接诊过一名18岁的女摩托车手,她戴着头盔,身着皮衣,在雨中失控滑倒,撞上了混凝土门柱。虽然她意识清醒,没有明显的头部外伤,四肢也没有骨折,但突然呼吸急促,然后脸色苍白,大汗淋漓,身体冰冷。她似乎处于休克状态,立即被直升机送往牛津创伤中心。急诊检查时,医生听到了响亮的心脏杂音。入院后不久拍摄的胸片结果十分不寻常——双肺都有积液,心脏阴影明显增大。

尽管结果令人担忧,但她的肋骨或胸骨似乎没有骨折,胸腔内也没有游离空气或血液。人们怀疑她扩张的心脏受到严重损伤,便叫来心脏科医生进行床旁即时超声检查,我的团队也严阵以待。当时是下午3点多，我推迟了当天的下一台常规手术以防万一。事实证明，我们的谨慎是明智的。这位年轻女性病情急转直下，我们不得不在进一步检查前为她插管通气。插管时，带血的泡沫从气管插管中喷出。

超声心动图的检查结果非常出人意料。甚至之前从没有人见过或听过类似情况。她的主动脉根部竟然有一个破口，主动脉是那条从心脏瓣膜上方出发后将血液供应至全身的大血管。通常情况下，这样的损伤会立即致命，但在这位患者身上，破裂的血管与右心房相通，而右心房是负责收集全身静脉血的心腔。然后，血液被右心室泵入肺部。此时，高压的左循环正向右侧倾泻，导致右心房和右心室极度扩张、紧绷。受创的右心室收缩乏力，只是无目的地颤动。因此，这名可怜的女孩被诊断为创伤性室间隔瘘。她的肺部充斥着血液，这种情况若不及时处理，势必在短时间内带来致命风险。如果没有被迅速送到心脏外科中心，她根本没有生还的机会。

我难以置信地看着正在进行的超声心动图检查，然后叫我的好同事、麻醉师凯特过来看看。那时，已有迹象表明患者还出现了心肌梗死。我们必须尽快为她连接上心肺机，维持她的血液循环功能，保护她已经水肿的肺。我亲自将她从急诊室推到了手术室。建立输血管路，连接心电监护仪，插好导尿管等一系列操作大约花了20分钟。不出所料，她的尿量很少，表明肾脏因供血不足而停止了运作。

当她被转移到手术台上，完成消毒和铺巾后，我仅用了约5分钟就切开了皮肤，锯开胸骨，打开心包，让我最喜欢的器官暴露出来。碰巧心包在撞击时已经破裂，在其右侧有一个15厘米长的裂口，膨胀的右心房从中向外膨出。从心脏外科医生的角度看，这种损伤的严重程度为9分（满分为10分，10分意味着致命）。

我在损伤上方几厘米处的主动脉插入插管，然后将两根管道直接插入汇入右心的上下腔静脉，体外循环的准备工作就做好了。如果我直接在紧绷且室壁较薄的右心房上打个洞，它很可能会裂开。一旦启动心肺机，它就会排空右心的血液。然后我会在灌注插管处和下方的缺损之间夹上一个夹子，这样我们就可以安心进行手术了。至此，她是安全的，我们有足够的时间进行修复，但我还没有看到损伤的全貌。

显而易见，在主动脉根部的那层薄而透明的心外膜下，有一块紫色血凝块。从本质上说，这相当于在缺损处贴了张创可贴，防止了患者当场死亡。这片瘀斑沿着瘘管周围发出的右冠状动脉蔓延。从右心室暗紫的颜色推测，其右冠状动脉本身已完全阻塞。这可以解释右心室的明显扩张和几近消失的收缩力。心肌正在坏死。当时，死神就站在我的肩膀上，但我却越来越兴奋。

正如我之前所说的，处理创伤病例中的意外情况，就像拆圣诞礼物一样充满惊喜，而我也没有失望。当我打开主动脉根部时，看到瘘管上方右冠状动脉开口处有一个小裂口。但是，当我另行探查右心房以找到相应的入口时，我发现了一个奇怪而令人担忧的损伤。仿佛心脏最中心一直撕裂到了心室之间的肌性间隔深处。更糟糕的是，右心房和右心室之间的三尖瓣被一分为二，而且严重渗漏。总而言之，这是一次严峻的挑战，是一场血淋淋的噩梦，但我却享受其中。我全身心投入，就像要进行一款电脑游戏的通关之战，只不过我还从没用过电脑。

我认为受损的右冠状动脉无法修复，而且三尖瓣可能也保不住。无论采取什么方案，关键是不能破坏撕裂的间隔中看不见的电传导系统，否则她将需要埋入永久性心脏起搏器。因此，我用猪心瓣替换了受损的三尖瓣，并用特氟龙垫片加固缝合，固定瓣膜的同时修补了肌肉。然后，我用我的主治医师从女孩大腿解剖出的一段静脉完成了冠状动脉搭桥手术。完成这些操作后，从主动脉和右心房内修补瘘管就是小菜一碟了。整个过程大约花了65分钟，在此期间，心肺机为她的身体和大脑持续供血。这是一次完美的团队协作。心脏科医生、外科医生、麻醉师、灌注师和护理人员齐心协力，共同拯救了一条生命。这就是我们的工作。

幸运的是，一切都很顺利。有了新的血液供应，右心室在几天内就恢复了功能。她能活下来真的很幸运，但我要再次强调，能被迅速送到合适的医院才是关键。

尽管修复心脏可能看起来复杂而费力，但这是我的日常工作。也许在旁人看来，我的工作单调乏味，但我乐在其中。我也喜欢写与心脏有关的文章。我把特殊病例的图片都收进了我的教科书里，它们也是很好的演讲素材，可以让演讲更引人入胜。

然而，在临床一线，并非所有结局都是美好的。我的下一例创伤病例是一位38岁的摩托车手，因一起高速碰撞事故被送到医院。他在入院时已陷入昏迷，脉搏和血压几乎都测不到。急诊医生立即为他进行了气管插管和通气。X光片显示双肺挫伤，左胸腔内有游离空气，但更严重的是，心脏轮廓明显异常，心尖抬高。当我赶到急诊室时，他已经被输注了2升液体，但血压毫无起色，进行强有力的胸外心脏按压也无济于事。

根据惨痛的经验，我很清楚X光片的检查结果意味着什么。这是又一例心包破裂病例，心室从心包中鼓出并受到压迫。事故发生以来，患者冠状动脉血流严重不足，卡压的心脏无法充盈，也无法射血，心肺复苏可能起不到什么效果。但正如温斯顿·丘吉尔所言"永不，永不，永不屈服"，于是，我当即在担架车上打开了他的胸腔。

打开胸腔后的景象触目惊心：肿胀的紫色心室从心包中鼓出，由于缺氧，它们痛苦地痉挛着，奄奄一息。但我们还是决定放手一搏。我将手指探入破口，将心包整个剖开。就在这时，他的心脏停止了跳动。我用右手捂住无力的心脏，开始疯狂地挤压，并要了一支肾上腺素。这时，他的胸壁终于第一次渗出了鲜血，表明心脏按压起了作用。

我直接将肾上腺素注射到左心室心尖处，使其能立即到达冠状动脉。果不其然，心肌变得僵硬，开始懒洋洋地颤动，就像一袋蠕虫。我又用力挤压了几次，心肌张力有所改善，我便请护士拿来除颤电极板。我告诉麻醉师里斯给患者推注碳酸氢钠，以纠正酸中毒，然后再推注一些钙剂，提振心肌。接着，我用20焦耳的直流电电击心脏，试图恢复其正常节律，然而毫无反应。心脏再次停止跳动，同时他的脊椎肌肉痉挛，导致他猛地从担架车上弹起。

我决定再推注一支肾上腺素，以刺激这颗受损的心脏，但这也有不利影响。它会引起动脉系统收缩，从而增加心脏重新泵血时所需克服的阻力。这时，心室又开始颤动，我开始按摩，通过手感判断心肌张力和再次电击除颤的最佳时机，这需要经验。当你每天都在与心脏打交道时，这就会成为一种直觉。当我觉得时机已经成熟，我再次电击心脏。先用10焦耳的直流电，没有反应，再将其提高到20焦耳，电击！

心脏依旧没有反应，心电图呈一条直线，然后是一次自发收缩，几秒后又一次，接着短暂出现了一段心律。还没高兴几秒，紧接着——该死！心室又开始颤动，再来一击，心脏终于恢复了正常节律。这时，

修补一颗破碎的心

我让麻醉师为他静脉推注局部麻醉剂利多卡因。这样做可以稳定细胞膜，防止室性心律失常。此时，这颗脆弱的心脏开始射血，心电监护仪上的血压曲线也出现了波动。

现在，是时候退一步耐心观察了，希望这颗心脏能继续跳动。紫色已经消退，但我很清楚，最初的撞击已经损伤了心肌。右心室几乎没有收缩力，我们无法将血压提升到70毫米汞柱以上。唯一明智的做法是尽快合上胸腔，将他送到重症监护室，并插入主动脉内球囊反搏装置来辅助循环。

这个装置的作用原理和外包装上写的完全一致：一个长长的香肠状气球，通过球囊内的氦气有节奏地充气和放气，以减轻左心室的负荷。遗憾的是，它并不能输送太多血液。为此，我们需要一个不同的系统，即我在英国带头使用的体外膜肺氧合技术（extracorporeal membrane oxygenation，简称"ECMO"），但即使在心脏外科中心，国家医疗服务体系也不愿为其买单，而我的"免费使用权"也已用尽。新冠肺炎疫情防控期间，许多患者需要体外膜肺氧合机，但整个英国只有5家医院能提供总计30台体外膜肺氧合机。这非常令人失望，因为体外膜肺氧合技术已被证实能够挽救生命。

死亡是廉价的，而他最终也未能幸免，几天后，他因心力衰竭离世。他再也没能从颅脑损伤中醒来。他的妻子和两个女儿在床边悲痛欲绝，眼睁睁地看着他的生命渐渐流逝，我也非常痛苦。在这种情况下，我还能说什么呢？"我们已经尽力了，但很遗憾……"

我愿意相信，这些创伤性心脏损伤患者都得到了大型教学医院的创伤专家的全力救治。威利特提出的资深外科医生在医院全天候值班的倡议具有深远影响，使急诊服务组织得更加有序。在我自己的科室，护士和辅助人员挑起了更重的担子，承担起了更复杂的工作，这为我们注入了新的活力和热情。但在那个阶段，国家医疗服务体系下的其他机构仍在苦苦努力，以推进这一理念：重伤患者应该由经验丰富的资深医师治疗，而不是由那些碰巧在医院值班且对创伤救治缺乏热情的住院医师来承担。

20世纪与21世纪之交，"国家创伤审计和研究网络"负责监测英国国家医疗服务体系下首批创伤中心的发展情况，其数据显示，英国全国范围内的创伤救治水平并无显著改善。虽然1989年至1994年，创伤致死率略有下降，但此后再无变化。英国全国多达60%的重度创伤患者未能得到主任医师级别的治疗。想想看，既然如此，为什么我们的医疗服务体系会自夸为"全世界羡慕的对象"呢？

天时地利

> 生死的界限是模糊不清的。谁能说清生死的界限在哪里呢?
> ——埃德加·爱伦·坡

急救人员送来的患者令人担忧。

这是一名胸部和腹部中枪的年轻女性。当我们接到她时,她还在大喊:"我的孩子,我的孩子!"而且她看上去确实怀孕了。我们测不到她的血压,但她的颈部还有微弱的脉搏。在过去的几分钟里,她已经没有反应了。

在那家医院,收治刀伤和枪伤患者已经是司空见惯的事了。这份报告简洁明了,但对我来说,它就像是天书,因为对话是用葡萄牙语写的。那天是我在巴西做访问教授的最后一天。我刚刚在早餐时间发表了演讲,活泼的外科主治医师莱昂诺尔带我参观了这家大型市立医院。我猜她是被精心挑选出来招待我的。我听不懂葡萄牙语,再参加上午其余的演讲就没有什么意义了。还是老样子,每个人都希望听到我的英文演讲,然后我就会离开。

作为值班心胸外科医生，莱昂诺尔在患者到达前就被叫到了创伤抢救室，我好奇地跟着她一起去了。患者交接过程中，复苏工作已经开始，我只能看到一个被帘子遮住的小隔间里挤满了医护人员，他们正紧张地忙碌着，沾有血迹的内衣被扔在了地上。医生们大声下达着指令，护士们则尽力执行，我试图说服我的拉美朋友带我挤进去。当有人在呼叫心胸外科医生时，通常是有充分理由的，我不想错过。"跟我来吧。"她紧张地低语道。

那位女士面色苍白，医生们正将大口径套管熟练地插入她手臂和颈部塌陷得几乎看不见的静脉中。鉴于她已失去意识，他们之后没有使用镇静剂，直接完成了气管插管。这一操作的刺激让她开始咳嗽，只见紫色的血液从胸部枪伤处喷涌而出。当我们有节奏地手动向她的肺部输入氧气时，这些不协调的喷泉变为了稳定的血流，顺着她肿胀的乳房流动。

她现在浑身赤裸，子弹的入口伤口清晰可见。她的胸部有三处入口伤口，两处在胸骨右侧，一处在左侧，每处伤口都在乳头线上方。然后，在上腹部肝脏的位置和子宫顶部还有两处伤口，这尤其令人担忧。我不禁想，这些伤口是冲着孩子的头去的。

为了应对这种紧急情况，急诊室的冰箱里备有大量未交叉配型的O型血。其中两袋血被迅速输入了她的体内，这时，她的颈部可以摸到颈动脉脉搏，表明她的血压在60毫米汞柱左右，这是正常血压的一半。虽足以维持她的生命，但对她的胎盘和未出生的孩子来说不太够。随着她的意识开始恢复，她变得焦躁不安，从气管插管咯出鲜血。

基于我的经验和对三维解剖结构的清晰认识，我不需要借助X光片或CT扫描结果就知道她受的是什么伤。她能活到现在，让我有理由感到乐观。她可能已经大量失血，但血液不是从心脏或主要血管流失的，否则她会当场死亡。正如我们所说，一些贯通性心脏损伤的患者会因心脏压塞和低血压而活下来，但她的颈部静脉并没有扩张，入口伤口的位置也表明子弹没有穿透心脏。根据伤口位置和她因怀孕而改变的解剖结构判断，我怀疑出血来自肝脏、双肺或破裂的胎盘。

然而，急诊室的医生们就是否应立即将这位女士送去做 CT 扫描展开了激烈讨论。我不知道他们在说什么，但莱昂诺尔一直在为我翻译他们的讨论内容。她已经告诉他们，我是从英国来的客座心脏外科医生，她还坚持说，他们应该听听我的意见，毕竟患者和她肚子里的孩子都面临着生命危险。而且，现场没有其他外科医生，作为一名年轻的住院医师，她感到力不从心。

在牛津，我一直在研究如何在心肺机的辅助下，修复孕妇的心脏并保住她们的孩子。这是一项艰巨的任务，因为手术后许多孕妇会面临死亡或胎儿自然流产的情况。我曾在美国的外科文献上发表过一篇关于这个主题的文章。我非常清楚，处于孕晚期的妇女即使接受复苏救治后也很难被抢救过来。因为肿大的子宫会压迫腹部的主要静脉，使循环血液流失量高达总量的三分之一。因此，首先我们要为这位女士调整体位，让她向左侧倾斜，以缓解右肺底部受到的压迫。这是一个小细节，但就是这一简单的体位改变瞬间提升了她的血压。

我也知道，未出生的胎儿和胎盘的血液循环对复苏过程中常用的血管收缩药物即肾上腺素非常敏感。此外，必须将母亲的血氧控制在尽可能高的水平，以保护胎儿的大脑。出于这个原因，我敦促莱昂诺尔立即为患者插入双侧胸腔引流管，以排出积血，使受压的肺部重新扩张。

莱昂诺尔的介绍让我鼓起勇气向其中一位急诊科医生借了听诊器。正如我所料想的，由于肺部坍塌，呼吸音几乎听不到，但这并不是我真正想听的，我想听的是胎儿的心跳声。首先，这能让我们确认胎儿是否还活着；其次，这有助于我们推断胎儿可能受的伤。如果胎儿的头部在子宫内较高的位置，子弹可能会造成大脑损伤。但如果胎儿的头部已经入盆，心跳声就会在更低的位置，而头骨则会受到母亲骨盆的保护。

母亲的心跳声非常清晰，基本可以排除心脏压塞的可能性。然后，我兴奋地听到了她耻骨上方传来的微弱而急促的心跳声。所以，那颗穿过子宫顶部的子弹肯定避开了胎儿的头部和胸部。显然，胎儿还活着。更重要的是，听诊器的压力引发了一阵强烈的子宫收缩。

在我看来，这一切都指向了一个事实，而在场的其他人似乎并没有察觉到这一点。目前，拯救这两条生命的最好办法是尽快将胎儿娩出。我把我的想法说了出来，然后在莱昂诺尔的帮助下指挥大家采取行动。其他人似乎都不确定下一步该做什么——他们相对缺乏经验，这不能怪他们。

尽管输血使这位女士的血压有了一定回升，但还不足以保证她肚子里的胎儿的安全。她仍处于休克状态，血氧水平较低，并伴有酸中毒。这一系列问题会抑制母亲和胎儿的心脏功能，因此我敦促莱昂诺尔尽快插入胸腔引流管。她显然很紧张，当我提出亲自来操作时，在场所有人都默许了，毕竟这是一个风险极高的操作，大家都希望把这个重任推给别人。

我曾短暂地考虑过，这位几乎没有意识的受害者是否需要局部麻醉。我觉得不需要。于是，我拿起手术刀，鉴于她处于左侧卧位，我在她的右侧胸壁上做了切口,位置就在腋窝底部。疼痛的刺激让她恢复了一点意识,我想,在同一天早上被刺伤和遭受枪击属实有些难受。所以我加快了速度,迅速将带金属套管的引流管从切口插入。当我拔出套管时,蓝色的血液顺着引流管喷涌而出,流到了地板上。在我成功连接好引流管之前,血液大约往外流出了半升。这一情景用"宜疏不宜堵"形容再贴切不过了,但直译的话可能会丢失这个表达的意味。

插好右侧的引流管后,我决定继续插左侧的引流管。监护仪显示,她的血压在输血和改变体位后已经上升到了80/60毫米汞柱。不出所料,我的操作又把她弄醒了,此时,在不使用麻醉剂的情况下再捅她一刀就不太合适了。但当我们将她翻过来,让左侧胸腔朝上时,她的心脏突然停止了跳动,血压也完全消失了。由于代谢紊乱,以及苏醒时的肾上腺素激增,她的心肌发生了纤颤。现在只有无序的电活动,心肌只是在盲目地蠕动,而不是跳动。换句话说,就是猝死。我的头脑中一直咒骂着"该死",我需要尽全力让自己冷静下来。

当她重新被调整为仰卧位后,一位规培医生开始拼命为她进行心脏按压。伴随他一次次用力按压,只听一声声清脆的"嘎巴",患者肋骨上的软骨与骨头脱离,这进一步损伤了胎盘。对这位可怜的女士来说,进一步的创伤是她最该避免的。"先是枪击,又是刀割,现在还要被按压至死",病态的想法浮现在我的脑海。其实,这颗支离破碎的心脏只需电击就能恢复正常节律,而且现在完全来得及。更糟糕的是,一旁的另一位医生正拿着一支肾上腺素,随时准备注射。这确实有助于母亲心脏的复苏,但对胎盘的血液循环和她肚子里缺氧的胎儿来说,这可能是致命的。

有没有人有把握给这位怀有足月胎儿的孕妇进行除颤?在场医生

们的反应是"我们应不应该这样做？""如果电击导致胎儿心脏停搏怎么办？"，他们无法达成一致，而激烈的辩论救不了这位患者。殊不知，当他们犹豫不决的时候，这位母亲和她腹中胎儿的生命都在随时间流逝，随着时间的推移，断裂的肋骨刺穿母亲右心室的风险也在升高。我觉得有必要亲自上阵，进行干预。在那一刻，冲动战胜了谨慎。

我向那可怜的胎儿道了歉，然后拿起除颤器，对母亲的胸部进行了一次高压电击。电击！她的竖脊肌在电击的作用下发生了痉挛，整个人从担架车上弹起。我敢肯定她的子宫也收缩了，但这一击达到了预期效果。她的心脏开始有节奏地跳动，监护仪上又出现了血压曲线。

我请莱昂诺尔帮我向医护人员解释，如果母亲再次出现心室纤颤，必须立即将她腹中的胎儿娩出，这样才能保住两人的生命。如我所料，在她的循环被子宫阻塞的情况下，不可能先复苏再做手术修补损伤。莱昂诺尔请他们拿来一个装有手术器械的托盘，以及我俩的手术衣和手套。一旦母亲再次心搏骤停，胎儿需要在四分钟内娩出，这是最后的机会。有人想接手吗？当我的话被翻译成葡萄牙语时，现场一片寂静。

我真正需要的是一把手术刀和一把血管钳，仅此而已，要是他们有胸骨锯就更好了。但显而易见，他们并没有，而此时，无法抑制的冲动完全占了上风，我几乎无暇顾及周围的一切。尽管一切看起来都令人生畏，但本能告诉我，只有开刀才能修复损伤。这并非慢条斯理、深思熟虑后才确定的决策，而是下意识的迅速反应。这究竟是横暴的精神病态者在陌生环境中崭露头角，还是一位关心患者的医生在履行职责？很难说。

我并不打算做常规的低位横切剖宫产手术。我想做自上而下的纵切口打开她的腹腔，取出孩子的同时修复枪伤。为何要控制在 4 分钟内呢？因为一旦大脑失去血液供应，脑细胞会在短时间内死亡。此外，在取出胎儿的同时进行胸外心脏按压是不可能的。这有可能是一场需要当机立断的手术，讲究速战速决。

当所有人的目光都聚焦在监护仪上的心电图和血压曲线时，我的视线却紧紧锁定在了那被胎儿和鲜血填满的腹部。我感受到了又一次强烈的子宫收缩，同时注意到她的大腿间有一摊鲜血。子宫的肌肉弹性十足，胎盘却并非如此。两者间的关键连接处极其脆弱，容易受损。一定是子弹或心脏按压的作用力诱发了胎盘早剥、阴道出血。简直是一场血淋淋的灾难。

此时，监护仪的警报响起，提示这颗年轻的心脏再次出现心室纤颤。这是十分钟内的第二次心搏骤停了。发令枪已经响起！我只有几分钟的时间将胎儿从宫内缺氧的环境中解救出来，再想办法为母亲进行复苏。时间紧迫，刻不容缓。我让其他人都退后，在胎儿娩出之前，不能进行心脏按压或除颤等任何操作。我认为，只要之后立即进行得当的复苏，循环停止四五分钟对母亲来说是可以承受的。

莱昂诺尔开始为母亲做皮肤消毒，将碘溶液喷洒到乳头至耻骨，覆盖整个凸起的腹部，她的手明显在颤抖。我紧接着操作手术刀，深入切口并小心地绕过外翻的脐部，凭直觉在刀刃上施加压力，使它穿过皮肤和脂肪层，到达腹前壁拉伸的腹直肌之间的腹膜。小心地打开腹膜，就可以瞥见子宫，它就像一颗漂浮在红色水池中的橄榄球。但由于心搏骤停，没有活动性出血，只有溢出的血液在腹腔内四处流淌。我忽略了它，选择沿中线扩大切口，延伸至整个腹部。一分钟过去了。

此时，那颗肌肉编织成的生命之茧的顶部映入了我的眼帘。接着，那个见证了对这个未出世生命的谋杀企图的弹孔也显露了出来。科室里有摄像头能记录这一事实吗？很遗憾，并没有，但我能看到和感受到子宫里的动静——可能是对强烈宫缩的反应——那是吹响生命的号角。在那一刻，我真想用手中的手术刀割断那个行凶者的喉咙。也许达顿是对的。

在职业生涯中，我曾多次与死神展开搏斗，也遇到过母亲和腹中的孩子一同面临生死难关的情况。但对未出世的无辜孩子痛下杀手，我还是第一次见到。这对我而言是一次全新的考验。我的肾上腺素飙升，双手不自觉地忙碌起来。它们清楚该做什么，该切多深，该用多大的力气牵拉，该如何小心地取出这个受伤的胎儿。我把左手食指伸进弹孔，子弹位于胎盘后方。这是好消息，因为致密的胎盘组织削弱了子弹的冲击力。更重要的是，我现在可以顺着手指的方向切开子宫了。两分钟过去了。

刚打开一个口，一根扭动的脐带就像蛇一样滑了出来，令我欣喜的是，我能够感受到它强烈的搏动。胎儿的血压明显比母亲要好，头确实也已经入盆了。我迫不及待地想要见到小家伙，于是，我像拉开健身包的拉链一样打开了子宫。紧接着，我用手托住胎儿的肩膀将之取了出来——胎儿滑溜溜的，皮肤呈深紫色，浑身是血。我没去看孩子是男孩还是女孩。其右腿上一处可怕的伤口引起了我的注意。三分钟过去了。

当莱昂诺尔用止血钳夹住脐带并从中将其剪断时，一位产科医生已经在我身后待命。生怕不小心把这个宝贝摔了，我小心翼翼地转过身，将其放在一条毛巾上。第一阶段的战斗结束。此时，距离母亲发生心搏骤停已经过去了四分钟。我迅速将重心转移到了母亲身上，开

天时地利　201

始为她进行心脏按压。"你给她输了多少血？"我问那位会说英语的麻醉师。"已经输了6个单位了。"他回答。"我认为她需要更多的血，"我强调，"再给她输一些碳酸氢盐和钙剂。我会先尝试电除颤，但如果没效果的话我会直接开胸。"

我开始了新一轮的胸外按压，试图将一些含氧的血液泵入她的冠状动脉，然后小心地将除颤电极板放在她的胸骨和左胸上，按下了按钮。电击！心电监护仪上短暂地出现了一条直线，然后又出现心室纤颤情况。在又一轮强力的心脏按压后，我再次尝试除颤，结果还是一样。我只好退后，短暂地思考，莱昂诺尔接替我继续进行按压。她做得很好，我能听到断裂的肋骨相互摩擦的声音，这有助于我集中注意力。特种部队有句格言："如果你身处地狱，请继续前进。"

"我现在要打开她的胸腔。"我告诉护士们，声音大到足以引起麻醉师的注意。他只是盯着我看，并没有反对。我原本想直接用锯子向上锯开胸骨，就像我所有的心脏手术一样，但又是老问题，他们的科室里没有这个工具。在可用的器械中，有一套老式的开胸手术器械，所以我选择了我们所说的"蛤壳式"切口。为了更好地重启这颗心脏，我必须直接上手。胸内心脏按压效果更佳，因为我可以将强心药物直接注入左心室，然后通过触摸确定心肌张力，以判断何时电击除颤。这些都是本能反应。我刚刚亲手接生了一个孩子，但心脏手术才是我的本职工作。

当我在母亲肿胀的乳房下方做横向切口时，我第一次听到了孩子的啼哭。那是最强有力的信号，给在场的所有人打了一针强心剂。从身后传来的谈话声中，我得知胎儿是个女孩。我绝不会让她在出生当天就失去母亲。

"生日快乐，小宝贝。"我低语道。

此时，我已经大汗淋漓。我在两侧肋骨的间隙都做了切口，将一根手指伸进两侧胸腔。果然，当我在两者之间打开一条通道，然后用一把骨科医生用的凿子凿开骨头时，泡沫状的血液和空气喷涌而出。紧接着，我用金属牵开器将其牵开，形成可以进入两侧胸腔并暴露心包的"蛤壳"。如我所料，她的心脏完好无损，没有被子弹击中。从所见的情况来看，它们只是穿过了胸壁和海绵状的肺组织，避开了主要血管。这位女士真是幸运。

从上到下打开心包膜后，我握住了她的心脏，手动泵血，直到心脏再次开始跳动。当我挤压那颗心脏时，我凭直觉能知道心肌的张力是否适合电击除颤，以及心脏内是否有足够的血液。但她的心脏目前仍然是空的，她需要更多的血。既然孩子已经娩出，是时候为她注射肾上腺素了。我实在不想让这可怜的器官再受挤压了，稍有不慎，我的拇指或其他手指就可能将其刺穿。一旦这种情况发生，那么前面所有的努力都会前功尽弃。

肾上腺素已经准备好了。我一手将那颗扭动的心脏提起，一手将针扎入左心尖处。几次手动挤压后，肾上腺素到达了冠状动脉，效果立竿见影。就像是往火上浇油一样，心脏变得紧绷，开始狂躁地扭动，像一个装满饿老鼠的麻袋。是时候电击了。

20焦耳的直流电便成功止住了纤颤，心脏再次有规律地跳动起来，监护仪上的血压曲线也恢复了正常。我立即将手中的心脏放回胸腔，就像丢掉烫手的山芋一样。它看起来恢复得不错，像跑道上一架蓄势待发的飞机。此时，即便是伤口边缘渗出的鲜血也是令人欣慰的景象。

到目前为止，我没有看到任何致命性损伤。射入体内的低速子弹

天时地利

损伤了肝脏和双肺，但都没有引发难以控制的大出血。我也没闻到可能导致腹腔感染的肠内容物的气味，这表明她的肠道完好无损。现在的问题已经不是子弹，而是身体的生化反应。解决了最紧迫的问题，剩下的就是将各个器官修复归位，然而急诊室并不是理想场所。这一切操作需要在配备有专业手术器械且明亮、无菌的手术室里进行。

穿着西裤与手术衣的我力挽狂澜，幸运地保住了母女二人的性命，但现在她们应该得到更专业的护理。汗水浸透了我的衬衫，离开之前，我在肺部的弹孔上缝合了几针，将出血减少到微乎其微的程度，这算是我的临别礼物。此外，我在肝脏的弹孔上盖了几块干纱布，因为肝组织很难缝合，让血自然凝固效果更佳。

可以想见，一大群人已经在急诊室外等候。其中许多人身着手术衣，还有一些人正在照顾新生的女婴，处理她身上的伤口，而其他人则是值班的手术团队的成员，他们当时都来听我的讲座了，现在被紧急叫来帮忙。我觉得现在是时候让他们接手了，将母亲推进手术室，让产科医生剥离残留的胎盘并修复子宫，莱昂诺尔可以负责胸腹部切口的缝合，而那位疲惫的麻醉师也可以找个人接替他，舒缓一下紧张的情绪。

年轻人的恢复力很强，我相信这对母女都能渡过难关。于是，我后退了一步，询问我出色的助手："莱昂诺尔，你能接手了吗？我该走了，我要赶飞机。如果我给你留个电话，能否麻烦你之后打电话告诉我她们的情况？"她焦虑而疑惑地瞪大眼睛，仿佛在说："你一定在开玩笑！"但我是认真的，我早就该前往机场了。我已经在南美待了两个星期，迫不及待地想回家了。然而，沉浸在激动的情绪中，我失去了时间的概念。

此时此刻，一架计划于18点50分起飞的英国航空公司波音747

客机正停在停机坪上，在飞机二层的商务舱，有一个被预订的座位属于我。不过，现在有一个棘手的问题。外面暴雨如注，让这座大城市的郊区陷入瘫痪。更糟糕的是，暴雨还淹没了机场公路的地下通道。如果我提前出发，只会被困在已经堵到市中心的长达数英里的车队中。现在已经到了办理登机手续的时间，而我还在医院里。

莱昂诺尔的同事、一位精明的住院医师主动提出帮忙。他家就在机场附近，他熟悉贫民区里鲜为人知的小路，会尽力将我送到机场。是时候以最快的速度出发了。我离别时说了什么？"谢谢你的帮助，莱昂诺尔。照顾好她们母女俩。我相信你会成为一名出色的心脏外科医生。"走的时候，我瞥见了那个孩子。她的左腿膝盖以下被子弹打伤，脚因此变成了紫色。我担心其血供可能受到影响，但那已经不是我要考虑的事了。至少她还活着，而且哭声嘹亮。

在雨中奔向机场并不容易。道路被倾盆大雨淹没，能见度也很低。我们尝试了几条路线，但半路上都不得已放弃了。最终，在计划起飞时间过去半小时后，我抵达了机场。我知道我已经错过了航班，开始考虑晚上该何去何从：是在机场过夜，还是冒险返回市区的酒店？越想越觉得沮丧。

首先，我需要重新预订第二天的航班，但我惊讶地发现值机柜台仍然开放。我感到很不寻常，航班不是已经起飞了吗？然而事实并非如此。机组人员也被暴雨困住，尚未到达机场。最新消息是他们还需要半小时才能到，之后仍要准备半小时才能登机和起飞。值机员对我说："先生，您真是太幸运了，大多数乘客都被困在了路上，无法及时赶到，您几乎可以独享整架飞机。请在登机口旁边的休息室好好休息，开始登机时我们会通知您。"

我坐在空无一人的机场休息室里,面前摆着一瓶红酒和一大碗坚果。透过雨滴斑驳的窗户凝视外面,却什么也看不见。在南美洲,孕妇遭受凶杀的情况并不鲜见,但在牛津却是罕见的。在英国,我进行的每一例孕妇心脏手术都是经过精心安排的。而那天的手术是个例外,由于事发突然,完全是在冲动和本能下完成的。我静静地在脑海中回顾了整个过程。在那种情况下,一般惯例是救母亲而牺牲胎儿。然而,在子宫压迫腹部静脉的情况下,通过心脏按压来拯救母亲几乎是不可能的。再加上胎儿受了伤,胎盘还在不断出血。所以,管他呢,两个人都要救。

我又倒了一杯红酒,这时,我的手机响了。我把我的号码给了莱昂诺尔,希望是她打来的电话。这并非出于别的原因,我得补充一下,尽管她很有魅力,但我早已过了花花公子的年纪。

"您好,教授,听说您到达了机场,但没赶上飞机。您想回城里和我们几位住院医师一起吃晚餐吗?我们请您。"

"莱昂诺尔,我确实来晚了,但飞机还在这里。"我答复道。谁能想到机组人员来得比我还晚。"我很想和你们一起吃晚餐,"我嘴上这么说,心里却希望只有我们两人,"但我马上要登机了。话说那对母女的情况如何?"

"哦,她们两个都挺好的。等我们到手术室的时候,母亲肺部的出血已经止住了。肝脏仍然有渗血,所以我们在腹腔里放了一些纱布垫。产科医生已经缝合好了子宫,他们对宝宝的情况似乎也很满意。一位血管外科医生正在检查宝宝受伤的那条腿。我们不知道该怎么感谢您,教授。如果没有您,母女俩可能都会没命,现在看来她们都能挺过来了。"

我沉默了一会儿，心里有些感慨，特别是这最后一句话。出生于斯肯索普贫困街区的我选择成为一名外科医生，就是因为我想做出一些改变。那一天，在远离家乡的圣保罗，在那个贫民区，我做到了。因此，我请求亲切的莱昂诺尔与我保持联系，与我分享那对母女的最新情况。然后我补充道："没有你的帮助，我无法做到这一切，和朋友们一起好好庆祝吧，之后可以考虑来英国找我，我可以带你。"

在我的职业生涯中，最快乐的时刻莫过于我在晚上搭乘波音747客机回家。我喜欢坐在飞机的第二层，那天，我是那里唯一的乘客。我仿佛置身于一个私人俱乐部，享受着两名乘务员提供的悉心服务和满满一车饮品。那是在"9·11"恐袭事件之前，飞机驾驶舱的门是敞开的。看着飞行员按照飞行检查单操作，我不禁想为什么外科医生不能遵循类似的规则。几年后，世界卫生组织确实将手术检查清单引入了手术室。

和往常一样，飞机离开停机位时，我忘了关掉手机。我的手机响了，是短信提示音。短信写着："母亲已经醒了，大脑看起来一切正常。宝宝状态稳定，但还在接受手术。我会永远记住这一天。"最后一行字"还有您，教授"真是把我逗笑了！

飞机起飞没有受到大雨的影响。飞至云层之上后，就进入了平飞阶段。空姐的第一个问题总是不变：

"先生，您的旅途愉快吗？"

那晚，我是否想夸耀自己是一名心脏外科医生呢？完全不想。所以我只是回了句："非常潮湿，恐怕这是我唯一能想到的。我很高兴能回家。"然后我又要了杯红酒，品质比我在休息室喝的好一些。

毫无疑问，我以旁观者的身份参与那次救治是冲动而鲁莽的。事情很容易朝另一个方向发展，造成一尸两命的悲剧。但如果我没有干预，她们应该会躺在阴冷的太平间的冰柜里。当这架巨型客机隆隆作响地飞越夜空时，我回顾了自己整个职业生涯，发现一路走来，都是不寻常之路。这也是为什么我会惹恼那么多人。我们做出了许多创新之举，打造了牛津心脏外科这一亮眼名片，为心脏外科领域带来了积极变革，但这些举措也遭到过不少批评。首先，我们提出了"无需重症监护的心脏手术"方案。这是一项旨在帮助心脏手术患者术后快速恢复的计划，因为英国重症监护室的床位总是供不应求。紧接着，我们选择了由外科执业护士采集冠状动脉搭桥手术所需的下肢大隐静脉的手术策略，因为接受短期培训的规培医生有时难以胜任此工作。此举在英国皇家护理学会和皇家外科医师学会引起了巨大争议。之后我们启动了一个全新的小儿心脏外科项目，也招来很多人的不满。我们还研发了全新的机械辅助循环装置，并成功应用于临床。得益于此，在全球范围内，牛津的心脏中心首次成功将永久性高速旋转式血泵植入患者体内，这是心脏移植的替代方案。结果表明，血泵的效果非常好，患者术后生存率和接受传统心脏移植的患者的相当，也避免了免疫抑制剂引起的并发症。这一突破意义重大，因为当时在安全带普及的背景下，器官捐献者的数量大幅减少，供体心脏稀缺。正如我一直强调的，任何完全以他人的死亡为前提的治疗手段都无法满足患者需求，但血泵可以。

尽管这些计划都取得了丰硕成果，极大地造福了全球患者，但对我个人在英国的声誉而言，它们始终是风险。话虽如此，反对声只会让我越挫越勇。而且我相信，我们在心胸外科领域的创新为英国首个重大创伤中心做出了重要贡献。

后记

在取得成功之前，一切都看似不可能。

——纳尔逊·曼德拉

不论那是值得怀念的美好往昔，还是应当遗忘的灰暗岁月，无所畏惧、敢于冒险的外科医生的时代已经一去不复返了。不仅如此，当代医学界还在公开庆祝这一事实。英国皇家外科医师学会非常关心其男子汉形象，会长尼尔·莫滕森——他也是我在牛津的朋友兼同事——为此专门展开了一项调查。

如今，几乎没有人受过充分的训练可以干预多个体腔，或同时治疗成人和儿童。现在，大多数主任医师以下的医生都不敢独立工作。当代外科医生培训体系培养了如此多的细分领域专家，以至于在我自己的领域里，都有专攻二尖瓣、主动脉瓣和冠状动脉搭桥手术的医生了。由于手术结果会公之于众，因此医生必须不惜一切地避免死亡。当然，降低死亡率最直接的途径就是避免为病情最严重的患者做手术。那么，一个值得骄傲的职业为何会发生如此天翻地覆的变化？

由于欧盟"工作时间指令"的缘故，新上任的主任医师平均只有6 000小时的手术实操经验。此外，在美国废弃"点名批评"政策很久之后，英国的国家医疗服务体系却推出了这项愚蠢的政策，导致规培医生独立操刀的机会被大大削减。如果某位心脏外科医生导致一位患者失去生命，无论主刀的是他本人还是他带的规培医生，他在很长一段时间内都不会再给学生委派新的病例。

在我的职业生涯中，我为何从未受到拘束感和自我怀疑的影响？这可能要归因于我受的那次头部外伤——我的"菲尼亚斯·盖奇时刻"。更有可能是因为，在创伤救治前线积累的丰富经验培养了我的信心。在被派往牛津壮大那里的心脏外科之前，我在伦敦和美国当了七年的高级主治医师，积累了长达 40 000 多个小时的手术经验。那段经历可以让我在手术室里遇到的任何压力都烟消云散。人们常说"熟能生巧""人无完人"，我也不例外。只不过我有丰富的经验。

一位退休同事最近在皇家外科医师学会的公报上就"外科医生与压力"的话题发表了一封信，质疑当今外科医生培训体系的温和特点。信的开头就火药味十足："现在的年轻外科医生，他们是这块料吗？他们做过的手术能否配得上主任医师的头衔？"这封信是为了回应另一期公报内容的，那一期公报探讨了如今的外科医生所需要的各种心理支持。为了强调现在与过去的差距，他在信中写道：

在我年轻的时候，主任医师就是神。医院会满足他们提出的各种要求。但现在不一样了，"医疗团队"与"管理层"（行政人员）有了对抗，后者自以为有权干预医疗决策。每当外科医生想要尝试一些稍微不寻常的治疗方案时，都必须向他们解释清楚，这无疑增加了医生的压力。有时候，这种压力确实让人喘不过气来，除非医生对自己的专业了如指掌，而且脸皮厚，才敢去做自己认为最正确的事情。

不用说,这种老派的强硬作风完全不受欢迎,在下一期公报中招致了无数愤怒且不留情面的回应。一个由愤怒的作者组成的联盟表示:"这封信最大的问题在于,它完全无视了外科医生群体中已被证实的事情,即普遍存在的倦怠、焦虑和抑郁问题,还有心理、生理和经济上所付出的代价。相反,作者试图将这些心理健康问题归咎于外科医生自身,归咎于他们经验的不足,归咎于他们得不到应有的尊重。"好文笔!

他们接着写道:"编辑团队和皇家外科医师学会在刊登这封信并给予它如此重要的版面时,实际上是在纵容那些关于工作、外科医生地位和心理健康的落伍观念。"

那几位作者总结道:"外科医生不是神,也不应该追求成为神。"老实说,我们大多数人远非神,也不想成为神。事实上,我们中的许多人还带点魔鬼的调皮。但毫无疑问,患者希望为他们做心脏手术的,是一位自信且受尊崇的医生。内省的、以结果为导向的做法,对我们病重的患者而言并非良药。

在批评的洪流中,也有些文章真实地反映了当前的主流氛围,提到了"动刀前先思考""带'婴儿'参加创伤外科讨论会""如果我们进不了手术室,我们就永远学不会做手术"等观点。2022年的一则新闻称,大多数外科医生在工作中都会焦虑,而且这经常影响到他们的心理健康。发表在《外科学年鉴》的一项研究报告称,65%的受访者觉得焦虑有时会对他们的技术水平产生负面影响,而且这种情况在不同性别间存在显著差异,女性的焦虑感更强。许多人似乎也会因被其他外科医生观察而感到不安。真奇怪，我很享受在别人面前做手术，在场的人越多越好，病例越复杂越好。也许这源于我的头部外伤带来的解放，或是心理学家所说的"唤醒与表现的关系"。但我并没有夸大其词。教学是一种莫大的荣幸，我很愿意分享我的知识和经验，以造福更多的人。

过去的情况真有那么糟糕吗？我认为被诽谤的老兵说的有一定道理。在过去，我们全身心地为病人而战，将自身的事情置于一边。长时间的工作真的对我们有害吗？不，获得的经验是我们的荣誉。这是我自信的源头。病人因此而受苦了吗？没有。我们搞砸了的话，就不会在我们所选择的领域取得进步。面对创伤手术加于我的血腥和苦难，我是否感到不堪重负？一点也没有。为婴儿做心脏手术要困难得多，也会给人带来更多触动。

在这个讲究政治正确的时代，当我需要帮助时，我看重的是什么？我会在乎我的外科医生是个大男子主义者、女性、同性恋者还是跨性别者吗？完全不会。我看中的是能力、经验、判断力和韧性。我不希望遇到一个因为某些原因，在职业生涯的一半时间里都没有摸过手术刀的人。如果机器人或猿猴能确保我在险境中幸存下来，我也完全可以接受。其他人可能不这么看，我只能祝他们好运。

我手术时表现出的冲动和无所顾忌真的是达顿所说的精神病态的表现吗？也许吧。但在我从南美洲返回的途中，我意外地想到了另一个合理的解释。当时，我一边品着梅洛红酒，一边回想着那例病例，随手翻开了飞机上的一本杂志。突然，我看到了一篇讨论"注意缺陷多动障碍"（俗称"多动症"）的积极影响的文章。我之所以强调"积极"一词，是因为据说有 40% 的囚犯都患有多动症。

我从来都不是一个全优生，完全不是。放到今天，我根本不可能被医学院录取。第一学期的解剖学考试，我甚至都没及格。简言之，我相信我年轻时想要取得成功的决心，源自多动症患者具备的超常专注力，这是有据可查的。这也解释了为什么我最终通过了考试，因为我下定决心要成为一名心脏外科医生。为什么呢？因为小时候，我眼睁睁看着我的祖父饱受心力衰竭的折磨，最终痛苦而死。这就是我后来想要研究人工心脏的原因。

始终想要寻求刺激的行为肯定是符合这一疾病的表现的。此外，我杂乱无章的生活完全依赖两位坚强的女性。在医院，我的心里只有手术，所以手术以外的事务，我都交给休来打理。她把我的日程安排得井井有条，为了防止我走错路，还会把我送到机场。有一次她请了病假，我竟愚蠢地接受了同一天内在日本和南非两地的演讲邀请。

出了手术室，我就是个一无是处、难以相处的人。我开车经常超速，搞砸了无数段感情生活，在运动场上过于好胜，坐实了"精神病态"的标签。我的家庭生活完全依赖美丽的护士萨拉。她在经历了自己的一些风流韵事后，来到亚拉巴马州试探我们的关系，最终决定和我在一起。她本可以找到更好的归宿。话虽如此，我常常不在家这一点可能让她松了口气。直到今天，我还从未摸过电脑，没付过水电费，没用过提款机，也没掀开过汽车引擎盖，我懒得去学那些简单的东西。截稿日、交罚款和各种文书工作都让我头疼不已，除非写书或科研论文，这些我倒是十分擅长。我能帮人治病，并为此著书立说，但在其他事情上我却觉得自己什么也不会。

为什么在如此不平凡的职业生涯即将谢幕之际，我要说我其实是个多动症患者呢？我想鼓舞那些因这一问题而生活蒙尘的年轻人。多动症带给他们的似乎永远是困扰，他们可能从未感受过我拥有的那种超凡专注力。多动症患者的大脑往往难以循规蹈矩，除非接受治疗。就我自己而言，我在被诊断出多动症时并没有选择服药。那时候，一切都已经太晚了。因为特立独行的处事方式，我已经历过无数非议。或许我做手术的速度之所以那么快，是因为我很容易感到厌倦，抑或因为膀胱承载力不够。我怀疑，正是多动症导致了我急躁的性格，以及对平庸、妥协和随波逐流的抗拒。

每当需要平复心情，我便会带上我的爱犬，在恢宏的布莱尼姆庄园慢跑。如今，我大抵只能步履蹒跚地散散步了。穿过布莱登门，走到教堂的庭院附近。走累了，我就坐在丘吉尔墓旁的长椅上喘口气。在第二次世界大战的至暗岁月里，丘吉尔曾勉励我们"永不，永不，永不屈服"。我将这种精神用于救治创伤患者上，尽管并非每次都能成功，但常常让我收获颇丰。